光文社文庫

バネジョのお嬢様が焼くパンケーキは謎の香り

文月《ふみつき》向日葵《ひまわり》

光　文　社

目次

【登場人物】

黒瀬《くろせ》大翔《はると》　聖ヨハネ大学の二年生。上京して暮らし始めた赤羽をこの上なく気に入っている。

三条《さんじょう》歩花《あゆか》　『白雪の木』オーナーパティシエ。接客スマイルが苦手。

三村《みむら》梨乃《りの》　大翔の彼女。

峰岸《みねぎし》聖《さとし》　聖ヨハネ大学の二年生。大翔の友人。

田中《たなか》　歩花の高校時代の教師。

チーズケーキ屋の店主と、紅茶クリームのパンケーキ

1

東京北《とうきょう》の玄関口と言われている、東京都北区《きたく》赤羽《あかばね》。僕、黒瀬大翔《くろせはると》は大学進学を機に、奥信濃《おくしなの》からこの街に上京して二年目になるが、僕はこの街が大好きだ。

ここ赤羽は、駅の東口と西口で違う表情を見せる。

まず男性に人気なのは、東口。

東口側は、昼間から飲める居酒屋が存在しており、真っ昼間から泥酔し、真っ赤な顔をしたおじさん達をよく見かけ、最初圧倒された。

昭和の雰囲気が漂う、レトロで小さな居酒屋が集中する東口の街。その街を歩いているだけでも心が弾んだ。実際に昭和から営業している店の、軒が並ぶ。飽きない街で活気がある。

リーズナブルでおいしい食事処も沢山、存在している。

一方、西口側は女性に人気なのだそうだ。女性に人気のファッションブランドのテナ

ントが入っている商業施設がある。

西口へ行くと、オシャレな女性が歩いている。

地方の田舎から上京してきた僕にとっては、そんなオシャレな若い女性達が眩しかった。垢抜けた美人も多く、目の保養になった。赤羽に住む若い女性の事を『赤羽女子』略して『バネジョ』と密かに呼ぶらしい。

この赤羽の街は明治時代以降、軍事工場や倉庫が転入され、その後『軍事都市』として発展した。赤羽だけではなく、北区一帯がそうだったと言われている。

軍事都市になった赤羽の街は、鉄道が整備されると、軍隊が住むようになった。それをきっかけに赤羽の街は生まれ変わり、買い物や娯楽の為に栄えた。それに伴い、居酒屋などの飲食店も沢山出来た。

軍の施設が多く、昭和の時代に空襲で焼かれたが、この街にレトロな居酒屋が多いのも、おそらくその時代から定着したからだろう。

僕が住んでいるのは昔、軍の施設が多かった赤羽駅の西口側だ。

駅前のショッピング施設の前を通り抜け、道路を渡ると閑静な住宅街に一変する。

これは東口も同じだ。東口と西口の住宅街の違いは、東口は集合住宅もあるが、一戸建ての家も点在しているのに対し、西口は主に集合住宅が多い。

坂道が続く高台に、マンションやアパートも多いが、数えきれないほどの団地が点在している。

　赤羽の西口側に団地が多い理由は、高度経済成長期に、軍用跡地に初めて開発された、二十三区の中でも大規模な団地だからだ。

　坂道を歩いて行くと、年季が入ったグレー色の縦に長細い建物が見えて来る。三階建てのマンションだ。

　ここが僕の住まいのマンションで、二階が僕の部屋だ。よくありがちな1Kの一人暮らし用の部屋で、三畳程のキッチンに六畳程のフローリングの部屋だ。ミニテーブルが一台。隅にはシングルベッド。青い寝具と水色のカーテン。特に何も置くものもないので、部屋はいつも綺麗に片付いていた。

　そんな僕の住まいのマンションのすぐ向かいに、新しいマンションが建ったのは、ごく最近の事だ。ボロい僕の住まいとは違い、ベージュ色の、サイコロを長くつなげたような、五階建てのマンションだった。入居者はまだまばらのようだが、立地も良いし外観が綺麗なので、すぐに埋まるだろう。

　そのマンションの一階の貸店舗に『チーズケーキ屋』が出来た。大きなウィンドウが、今っぽい。白い店内が僕の部屋の窓からも少し見える。

　開店して一週間は客足が絶えなかった。僕も行きたいと思ったが、行列に並ぶのは好きではない。客足が落ち着いた頃、行こうと決心していた。

毎日自分の部屋からその店の様子を見るのが日課になっていた。その際、自分の部屋の窓ガラスに自分の容姿も映る。

同じ学校の女の子達にカッコいいと言われる事もあるが、自分ではよく分からない。お世辞で言われているかもしれない。特にモテる方ではない。

程よい切れ長の目と、男としては割と小さな唇が、鏡代わりになっている窓に映った。身長は百七十五センチ。学生らしい程よい短髪。

人並みに彼女はいた。彼女は隣の区の女子大に通う、同じ年の女の子、三村梨乃《みむらりの》。それなりにオシャレで、飾り気のない自然なかわいさ。そんな彼女とは一年生の時、当時一緒にバイトをしていたコンビニで、知り合った。シフトがよく一緒になり、気がつくと付き合うようになっていた。

僕は友達は多い方ではない。引っ込み思案の性格だ。大学の食堂では、一人飯も多い。友達が出来ない大学生が近年増えており、そんな学生はトイレで食事をするというニュースが、一時期世間を驚かせた。

僕の通っている大学ではそんな学生は見かける事はない。

銀杏の実がこぼれ落ち、黄色い葉が絨毯のように、道や公園に敷き詰められた今の季節、僕はやっと客足が落ち着いてきた、チーズケーキの店に彼女と向かった。

小さい店舗だった。しかし雪を彷彿させるような真っ白な壁と、大きな窓を組み合わせた外観は、洒落ている。

お店の木のプレートに『白雪の木』と書かれていた。女性の心を惹きつけそうな、雰囲気。

ドアノブは、銀色のアンティークでデザインまで、洒落ていた。彼女は「わぁ」と感嘆の声を漏らした。

店内に入ると、甘い焼き菓子の香りとバターやチーズの香りが鼻をくすぐる。食欲をそそる香り。

マンションの部屋の窓から白い内装が少し見えていたが、やはり店の中は粉雪の色のように、白で統一されている。

真正面にあるショーケースはキラキラと輝いており、中には真っ白なチーズケーキが整列するように、並べられていた。ベイクドとスフレの中間の、やや柔らかめのチーズケーキらしい。

販売されているのは、白いチーズケーキ一種類のみだった。ショーケースの中は、白いダイヤのように輝いていた。

店内は決して広くない。全部で八畳位。その中にイートインスペースの小さなテーブルが二つ、置かれている。

そんな時、ショーケースの後ろから人影が現れた。

「いらっしゃいませ」

透き通った天使のような女性の声。ここの店主だろう。

その女性店主に思わず僕は目を奪われた。肩位までのセミロングの黒髪に、キリッと整った二重の切れ長の目。小さな卵型のフェイスに、薄いベージュ色の口紅が塗られた唇。ナチュラルメイク。

僕の通っている大学の女子学生は、割と化粧が濃い子が多い。そこまで化粧を濃くしなくても良いのに、と思う位濃い。

そんな彼女らとは違い、自然な愛らしさが醸し出されている。

糊がパリッとかかった黒生地のワンピースに、白い襟。ウエイトレスのような服を着こなしている。

しかし、愛想がない店主だった。

不愛想ながらも美人は美人だ。もう少し笑顔を浮かべてもいいものを。しかし、僕の彼女はそんな事は気にしない様子で「チーズケーキ二つ下さい」と注文していた。

「かしこまりました」

相変わらずの無表情で女性店主は、テキパキと手を動かす。本当にこの店を切り盛りするつもりはあるのだろうか。接客業は、スマイルが命だ。

コンビニでバイトする時でさえ、愛想よくと、伝授される。

この女性からは心地良い笑顔と接客で、お客様を迎えようという気持ちが全然感じられない。接客の仕事をする人の態度ではない気がした。

不快を感じる僕の横で、梨乃ちゃんは店主に「イートインも出来るんですか？」と問う。僕はギョッとした。

「本日は、出来ますよ。ご利用されますか？」

口調こそは丁寧であるものの、やはり相変わらずの不愛想。

本日は。という言葉から、出来ない日もあるのだろう。しかし梨乃ちゃんは、愛想のない店主の接客に特に何も感じない様子で「はい、さっきのケーキは取り消しで」と促す。

「かしこまりました」

美人のその店主は深々と頭を下げた。一つ一つの行動が丁寧ではあるが、やはり笑顔がない。

案内された小さなテーブルに腰かけ、メニュー表を見る。珈琲、紅茶、オレンジジュースとドリンクメニューはそれのみ。後は店内にあるチーズケーキがイートイン出来るらしい。

その他にパンケーキがあった。

「わっ！　パンケーキだって」

梨乃ちゃんは少女のような嬉々とした表情で、小さく声を上げた。パンケーキは千円。ちょっとぼったくりではないだろうか。

パンケーキショップに行っても、パンケーキ一皿これ位はするけれど、千円という額に僕は眉を顰《ひそ》める。

梨乃ちゃんはパンケーキと紅茶。僕は珈琲とチーズケーキをオーダーした。水を持って先程の女性がやって来たが、やはり不愛想だった。

店主が身をひっこめた後、紅茶の匂いが漂ってきた。それと同時にバターの香り。あぁ、パンケーキを焼いているのかと納得した。目の前にいる梨乃ちゃんが、パンケーキを注文したのだから。

「ここ、素敵なお店ね」

ぐるりと梨乃ちゃんが店内を見回す。僕は「そうだね」と同調しておいた。ただイートインスペースはあるものの、先程の店主は僕たちがイートインを利用するのを、不快に思った気がした。

何となく胸の奥から小さな失望が広がる。ここから見える、ショーケースの奥の壁には小さなウィンドウがあり、その窓越しに不愛想な彼女が手際よく動いている姿が見える。

しかし、手つきはプロだった。表情も真剣な目だった。純粋な目。高い鼻。やはり横顔も何度見ても端麗そのもの。不愛想なのに、彼女には光るオーラがあった。

そんな彼女に目を奪われていると、梨乃ちゃんがスッと立ち上がった。

思い切り怒気の表情が顔に滲《にじ》んでいる。

「帰る！」

梨乃ちゃんの口から出た、冷淡な言葉に「え？」と聞き返した。

「え？　何で？」

僕は意味も分からず、目を瞬かせた。何か怒るような事をしただろうか。

「だって、ずっとさっきからあの女の人に、釘づけなんだもん」

彼女は思い切り頬を膨らませ、口を尖らせる。ドキリとした。そんな目をしていただろうか。

「違うよ。僕はあの人があまりにも不愛想だから、不快に思っただけで……」

小声で必死に弁明したが、梨乃ちゃんはかぶりを振る。

「嘘。目がハートだった！」

それもまた、凄い発言だ。梨乃ちゃんは口をへの字に曲げ、思い切り眉間に皺を寄せる。僕は飼い主に叱られた犬のように、しょげた。

「ごめん。そんなつもりじゃぁ……」

ついつい僕もうんざりした。それを誤魔化すように、目の前の水に口をつけた。

彼女はストン。と再び椅子に座る。

「一度や二度じゃない。綺麗な人を見る度、見とれてる事、私知ってるんだから」

そんな事があったっけ？　と小首を傾げる。覚えていない。

「もういいわ」

彼女はふん！　と軽く鼻を鳴らし、脱兎のような凄い速さで店内から出て行った。

呆気に取られ、あんぐりと口を開けていると「追いかけた方がいいわ」とまた無表情で、女性店主が僕に告げる。

女性店主の持つトレイには梨乃ちゃんがオーダーした、パンケーキ。そしてチーズケーキが乗せられていた。

「すみません」

僕はペコリと頭を垂れて外へ出た。会話を聞かれていたのだろうか。穴があったら入りたい位、恥ずかしかった。

アンティーク調のドアノブを捻り、外へ出ると冬が間近な寒さが身に浸みた。先程まで晴れていたのに、空はグレー色。

(女心と秋の空……)

僕はため息を落とした。先程の彼女の心の様子と、僕の今の心の色と、この空模様が一致した。周囲を見渡すが梨乃ちゃんの姿は見当たらなかった。

一瞬にしてどこかへ行ってしまった。そういえばあの子は高校の時、陸上部で走るのが速かったと自慢していたっけ。そんな事が過る。

坂道の真ん中から見渡す視界に入るのは、遠くに見える団地とアパート群。それに不機嫌になってしまった、空。住宅街なのに珍しく人が歩いていない。

時折吹いて来る冷たい風は、もうすぐ冬が始まりますよ。と伝えてくれているようだ。心にも冷たい隙間風が吹いた。

彼女は、少し我儘な所があった。せっかく入った店の料理が、少しでもおいしくないと機嫌を損ね、その日はずっと不機嫌だった。

原宿にある人気のパンケーキの店でも、二時間待ちの行列に並び、やっと入った店のパンケーキが、少し冷めていた時も凄く立腹し、店員に文句を言った事があった。

何様のつもりだと、あの時は思った。少しげんなりしていたので、そろそろ潮時かなと思う事は時折あった。それが突然やって来ただけの事だ。

僕はため息を落として店に戻った。

「あら、彼女は?」

表情が固く不機嫌そうに見える割に、柔和な口調だった。

僕はかぶりを振った。走るのが速いといえど、探せばまだどこかにいる筈ではあった。

しかし僕はそれをしなかった。

僕自身も彼女に愛想を尽かしたからだ。彼女は少し考えすぎな気がする。僕は街で歩いている女性を、そんなに凝視した覚えはない。

綺麗な人が歩いていると、綺麗な人だな。位は思う。しかしそれだけだ。浮気した訳ではない。

この女性店主に対してもそうだ。別に見とれてはいない。いや、少しは見とれたかもしれないが、怒られる筋合いはない。そこまでヤキモチを妬かれては、男としてはたまらない。

「そう……」

女性店主はパンケーキとケーキ、ドリンク類を奥へしまおうとする。

「あ、あの、すみません。お代はお支払いします」

僕が引き留めると、女性は振り向き、きょとんとした顔をする。

「あら、いいわよ。そんなの……。だってフラれたんでしょう？　貴方が可哀想だもの」

キッパリと口に出す、同情めいたセリフ。その言葉は、グサリと突き刺さるものがあった。余計惨めにさせる。

やや嫌みに、聞こえなくもない。

「これ持って帰る？」

女性店主はパンケーキとチーズケーキを指さす。

「できますかね？」

僕は注文しておいて食べないのは、申し訳ないと思った。今は食べる気分じゃない。持って帰れるのなら、有り難い。

「普段は出来ないけどね。でも今日は特別よ。持って帰るなら包んであげる。お時間はどれくらいですか？」

表情の割に優しい柔和な口調。この人の不愛想は、地なのだろう。でもスマイルは浮かべるべきだとそんな事を考えながらも「お願いします」と促した。

「あの、代金はお支払いします」

すると、女性店主は「そう」と短く頷く。僕の強い意志に、代金は要らないと、もう言えなかったのかもしれない。

テキパキと女性店主はタッパーに、パンケーキを入れてくれた。

「保冷剤おつけしますね。お時間は？」

そうだ。まだ時間がどれくらいかという事を言っていなかった事に、気がつく。自覚はないが多分、突然彼女にフラれた事で困惑している。

「あのすぐ真向いのマンションに住んでいますので、保冷剤は良いです」

「そう。そうなんだ。じゃぁ近いのね」

不愛想な店主は、初めてニッコリと微笑んだ。その笑顔にドキリとした。顔も自然な可愛らしさだが、笑顔はもっと素敵だった。天使のような微笑み。

彼女にフラれた直後だからそう思ったのかもしれない。やはり、不愛想でいるより、笑った方がかわいい。段々顔に熱が籠って行くのを感じていた。

恥ずかしくなり下を向く。こんな風に僕は顔を赤らめていたのだろうか。それなら彼女にフラれても仕方がない。梨乃ちゃんに申し訳ない事をしたなと、反省した。

僕はドリンク代二杯分の八百六十四円と、チーズケーキ代が三百五十円、パンケーキが千円、合計二千二百十四円、きっちりレジで出す。

すると細い真っ白な手がスッと伸び「ちょうどお預かりします」と、レジを手際よく打つ。

「近所なのね。また買いに来て下さいね」

女性店主はまた、素敵な笑顔になった。

（なんだ、綺麗なスマイル出来るんじゃん……）

それならいつも心掛けていればいいものを。しかし、余計な事は言わない。色々すみませんでした、と短く告げ、そそくさと店を後にした。

道路を挟んで真向いのマンションへ向かう。

マンションだけど、オートロックではない。重い足取りで階段を上る。自室の鍵を開けると、スマホが鳴った。

梨乃ちゃんからの別れたいというメールだろうと、察知した。僕の予想は当たっており『さよなら』と、冷たいピリオドが打たれていた。

その言葉を僕は黙って受け取り、梨乃ちゃんに返信はせず、電話帳からアドレスを消した。彼女が食べる筈だったパンケーキを、冷蔵庫にしまった。

彼女と別れたのに、家に着くと何故か安心した。自分でも分からない。僕はそんなに冷たい男だったのか。そんな自分に嫌気がさした。

2

翌朝七時。

本来ならばそろそろ起きて、学校に行く準備をする訳だけど幸い今日は、土曜日。でも目が覚めてしまった。

夜が明けたばかり。寒いのを我慢し、布団から出る。カーテンを開けると、東の空にオレンジ色がかかっていた。空の色はぶどう色から、水色に変わりつつある。一日の始まりだ。

とりあえず手洗いに行き、歯磨きをしてテレビを点けた。そして、反対側のカーテンを開けると、真新しいマンションが視界に入った。昨日、このマンションの一階にある、チーズケーキの店で彼女にフラれた事を思い出す。

自然と肩が落ち、いつの間にかガックリとうな垂れていた。何となく気持ちがフラフラする。

ホッとしたり寂しくなったり、何だろう、この感覚。我儘な女の子と付き合いウンザリしていた半面、そんな彼女でも失ったら寂しいと思うものなのか。気持ちも二面性を持っているようだ。

昨日はそんなこんなで、夜、食事が喉を通らなかった為、空腹を覚え、朝食作りに取り掛かる事にする。ホットケーキミックスがある事を思い出し、早速ホットケーキを焼く事にした。僕は料理が好きだ。ホットケーキはよく作る。

ボウルに、タマゴを割り入れ、ホットケーキミックス、牛乳を書かれている分量通りに入れる。

トロッとした生地を、泡立て器で整えた。熱したフライパンに油を薄く塗り、濡れ布巾の上に一度フライパンを置いて熱を取る。再び火にかける。この時の火は勿論、弱火だ。生地をフライパンに流すと、円形状に広がって行く。表面に気泡が出てきたら裏返し、弱火のまま二分。マニュアル通りに作った。

「頂きます」

僕は自分が作ったホットケーキを、早速食べる事にする。バターとメープルシロップをかけ、ナイフとフォークを入れた。

「おいしい！」

生地は甘く、バターが生地に染み込み、メープルの甘みとよく合う。

そんな時、別れた彼女が食べるはずだったパンケーキの事を思い出した。これも食べよう。

タッパーを開けると綺麗に整列した、形の良い丸いパンケーキ、ホイップバターとシロップ、それに紅茶のクリームが入っていた。

かすかに紅茶の良い香りがする。生地からも紅茶クリームからも。僕は早速パンケーキを皿に乗せ、軽くラップをしてレンジにかけた。

そして珈琲を淹れる。ドトールで買ったドリップパックの珈琲だ。おそらくこのパンケーキは唸る程おいしいと予想した。レンジで温めている時から、紅茶とバターの良い香りが漂い、食欲をそそる。

だから珈琲もインスタントではなく、ちょっとはちゃんとした珈琲が飲みたかった。この前、ドトールで奮発して購入したドリップパックを使用する。

パンケーキを温め終わった後、やかんにかけた火を止めた。ラップを取ると、今度はミルクの香りと紅茶の香りがした。

「凄い……」

思わず感嘆の言葉が出た。このパンケーキの生地には牛乳だけではなく、ロイヤルミルクティが使われているようだ。

ほんのり香る紅茶の香り。おそらくあまり濃い紅茶ではない。紅茶を濃くすると、それはそれで苦くなるからだろう。

早速パンケーキをナイフで切り、口に入れる。

「お、これは凄い」

また再び感嘆の言葉が出る。普通、二日目のホットケーキやパンケーキの生地はパサパサして味が落ちるが、それがなかった。

生地はカリッと、そしてしっとり。勿論焼きたての方がおいしいのだが、これだって負けてはいなかった。生地はやはり紅茶の味がほんのりした。香りで感じた通り。

薄味の紅茶の味がまた絶妙だった。付け添えの紅茶クリームは味がしっかり。だからなのか、生地とクリームが喧嘩しない。甘すぎない、絶妙な味。

メープルシロップや紅茶クリーム、それにホイップバターとも合う。おいしすぎて、あっという間に平らげてしまった。

別れたばかりの彼女とパンケーキショップに行った事があったが、今までで一番おいしいパンケーキだ。

彼女は何者なのだろう。

好奇心に満ちた疑問が募った。タッパーには、僕が注文した白いチーズケーキも一緒に入っていた。

『白雪の木』という店のネーミングにピッタリな、真っ白なチーズケーキ。こちらも食べてみたくなった。朝からホットケーキに、パンケーキにチーズケーキ。こんなに食べるなんて、女の子みたいだなと思いつつも。

チーズケーキには紅茶が合う気がして、今度は紅茶を淹れた。紅茶に輪切りのレモンを浮かべると澄んだ色になり、特別な紅茶のように見えた。

早速チーズケーキも頂いてみよう。

こちらはクリームチーズと砂糖の濃厚な味。ベイクドというと、生地も固いイメージがあるが、柔らかかった。ニューヨークチーズケーキというのがあるが、それに近いのだろうか。

スフレタイプ程柔らかくなく、ベイクド程固くない。絶妙な食感。また口内に先程とは違う、幸せが広がった。

チーズケーキは一口食べただけで、残してしまった。もうお腹が受け付けてくれなかった。男が朝からスイーツをぺろりと食べてしまうなんてと、自嘲的な笑みが漏れてしまう。

食べ終わると元気になった。元々あまり落ち込んではいなかったが、ホットケーキとパンケーキとチーズケーキのお陰で、心に潤いが与えられた。お腹はかなり苦しいが。

早速そこのチーズケーキ屋の事について、ネットで検索してみる。『白雪の木』と検索すると、HPが見つかった。シンプルなHPだった。

薄い水色の壁紙に、雪の結晶の可愛らしい模様でところどころ飾っているHP。女子好みのHPだった。

『当店で販売しているのは、白いチーズケーキのみです。代金引換、銀行振込にて、地方発送も承ります』

水色の壁紙の中に赤い太文字で書かれたその字は、どこか情熱的で可愛らしかった。

(地方発送もしてるんだ。商売する気はあるんだな)

感心感心と、僕は頷く。後は笑顔だけだ。

しかしパンケーキの事と、イートインの事は書かれていない。HPはこのトップの一ページだけ。一番右端に、責任者の名前も書かれていた。三条歩花《さんじょうあゆか》。

雰囲気と顔に似合う名前だった。

(へぇ、歩花さんって言うのか……)

名前を早速知っただけで少し嬉しかった。

その日は赤羽駅周辺へ、出かけた。特に何をする訳でもなかった。ブラブラと歩き、必需品を調達した。

僕がその日の昼間出かけたのはそれだけだった。

毎週土曜は、いつもデートをしていたので当分は時間を持て余すかもしれない。バイトはこの前辞めたばかり。新しいバイトをしてもいいけれど、少しゆっくりする時間も欲しい。

買い物を済ませ、坂を登り帰路を辿る。自分の住まいのマンションの前まで来て、ふと『白雪の木』の店構えを見た。『close』のプレートがドアノブにかかっていた。

今日は休みらしい。

そういえばHPにもここの定休日は載っていなかった。出来たばかりの小さな店なので、休みもまだはっきり決めていないのだろう。

その時、『白雪の木』の奥の貸店舗に、新しい居酒屋がオープンした事に気がついた。

僕は平日は大学へ行っているし、日中、月曜と水曜は五限目までギッシリ授業がある。帰宅すると十八時半くらい。

火曜が四限、木曜、金曜が三限まで。家にいる事はあまりないので、近所で新しい店が出来つつあるのは知っていたが、意識はしていなかった。

『白雪の木』は僕の部屋の窓から見えるので、ケーキ屋が出来る事は知っていたが、新しく出来た居酒屋は奥の貸店舗なので、僕の部屋から見えない。だから知らなかった。

今日の夕飯はここの店に決定だ。十七時半開店少し前にコートを羽織り、外へ出た。まだ十一月だけどしっかり冬の寒さを感じた。僕の故郷、奥信濃に比べるとこの程度の寒さはどうって事はないけれど。

冬が目の前の季節の夜は、早く訪れる。既にもう真っ暗で、空には星が瞬いていた。早速その居酒屋に行くと、ケーキ屋の外観とは全く違う雰囲気。茶色い外壁に赤ちょうちんというまた、居酒屋らしい外観だった。

『本日、オープン』とデカデカと書かれた、白い看板が立っている。こういう店に入るのは少し勇気がいる。店の名前は『さくら』。どこにでもありそうだけど、可愛らしい名前だ。

引き戸を開けると『いらっしゃいませ』と威勢の良い声が響いた。ここも全部で八畳程。カウンター席が十五席。決して大きくはない店だ。内装は茶色系。

でもこの街は、こういったお店が多い。こぢんまりとしているが、メニューが多く、店主と客が楽しそうに会話をする。僕は上京するまでは、東京の人＝冷たいというイメージがあったが、それが一気に吹き飛んだ。

この街にいると寂しさを感じない。こういう楽しい店が沢山あり、客同士が会話したり店主と客の会話が弾んだり、雰囲気も親しいからだ。

ここの店主は五十代の夫婦二人だった。まだ真新しい作務衣を着ている。

「兄ちゃんが、お客さん第一号だ、ありがとう」

そう言ってご主人の方がメニューを僕に差し出した。メニューは色々豊富だった。焼きおにぎりや炊き込みご飯、出汁巻きや味噌汁なんて、定食みたいなメニューから、冷ややっこや焼き鳥、タコわさなんて、居酒屋に普通にありそうなメニューも充実している。僕はビールと、冷ややっこ。から揚げに焼きおにぎりを注文した。まず最初にビールのジョッキを奥さんの方が置いた。

奥さんは白髪交じりのショートカットで、人が良さそうな雰囲気。笑顔を絶やさない。接客はこうでなければいけないのだ。

ご主人の方はスポーツ刈り。はちまきを頭に巻いているあたりが江戸っ子風。テキパキと手際が良い。ご主人も、笑顔でから揚げをあげている。

「あんた、この辺に住んでるのかね？」

突然江戸っ子口調でご主人が尋ねてきたので、僕は思わず「はい」と答えた。緊張が伴った声だと我ながら感じた。

「僕、その向かいのマンションに住んでます」

「えーっ、そうかいそうかい。そりゃ嬉しいね。じゃぁ、ここに通ってくれるかい？これからも」

「勿論です。通わせて頂きます。でも学生なので、しょっちゅうは来られないですけどね……」

僕は目の前に置かれたビールのジョッキを持ち、喉をビールで潤しながらついつい、渋ってしまう。ここに毎日でも来たくなってしまったが、それは貧乏学生の僕には不可能。

「へー。そうかい、あんた大学生かい？」

ご主人はから揚げを僕の前に置きながら、目を丸める。そんなに驚かれる事かな？ と僕は首を傾げてしまった。

「はい……」

「出身はどこ？」

「信州です」

「信州のどこ？」

そこまで突っ込んで聞いてくるのか。きっとこのご主人は、僕と仲良くなりたい、そんな事を思っていると勝手に納得した。

「飯山《いいやま》市という所です」

僕の故郷は長野《ながの》県でも北の方の地域だ。長野県の中でも冬は厳しい寒さの地域。周辺は山と田んぼだらけ。実家の近くは沢山のスキー場がある、豪雪地帯。

下手をすると、そろそろ雪が積もり始める季節だ。

「へぇ」と、ご主人は天井の方を向く。おそらく知らない街だろう。長野市とか、真田《さなだ》幸村《ゆきむら》の地である上田《うえだ》市とか、松本《まつもと》市とか。そういう地であるなら、知っているかもしれない。

おそらく知らないだろうと僕は思いつつも、再びビールを飲む。

「あぁ、あそこか？　『朧月夜《おぼろづきよ》』」

「そうそう。そうです」

ご主人が知っていた事が、嬉しかった。この歌は、国文学者であった高野辰之《たかのたつゆき》が飯山市で小学校教師をしていた頃、作詞をしたと言われている。

「へぇ。そうか、長野県から上京してきたの。どうだい？　赤羽の街は」

「活気があって大好きです」

ご主人の質問に、自然に潑溂《はつらつ》と答えていた。故郷は好きだけどあまり恋しくならないのは、多分、ここでの生活が凄く合っているからだろう。

夏は暑いけれど、冬でも雪は積もらないのが有り難い。面白いレトロな一杯飲み屋や定食屋が沢山ある、この街が好きなのだ。

「そうか、嬉しいねぇ。俺は、赤羽生まれの赤羽育ちだから。そう言ってくれる若者がいると嬉しい」

ご主人は本当に嬉しそうだった。

「はい、お待ち」

そんな時奥さんが僕の前に、江戸っ子口調で焼きおにぎりを置いてくれた。しょうゆの香ばしい匂い。食欲をそそる。おにぎりを食べていると、壁に飾られている短冊の端に『白雪の木のチーズケーキ』の文字を見つけた。

「あの、ここでそこのケーキ屋さんのケーキを取り扱ってるんですか？」

居酒屋でチーズケーキを取り扱うなんて、珍しい。歩花さんと既に面識があるのだろうか。

「あぁ、あんた知らなかったかね？　あぁ、知らないかな。そこのケーキ屋の店主は、このマンションのオーナーだ」

ご主人の意外な言葉に僕は「えぇっ」と声を上げてしまった。あんな少女のような顔立ちの女性が？　一瞬、耳を疑った。

ご主人の話によると三条歩花さんのお父さんは、マンションや不動産会社の経営をしている。この辺の土地も、昔から沢山保有している。

「お金持ちなんですね……」

「そうなんだよ。このマンションとこの貸店舗は娘の歩花さんが、オーナーだ。その歩花さんからね、うちのチーズケーキをここでも置いてほしいって言われてね」

「そうなんですか……」

歩花さんは物凄い雲の上の人だ。

ご主人の話によると歩花さんは、この辺の都立高校を卒業して製菓の学校へ行った。彼女のお父さんは大学へ行かせたかったらしいが、歩花さんは、製菓の学校へ行きたくて対立したらしい。

お父さんはしぶしぶ、歩花さんが製菓学校に行く事を認めた。でも結局はこのマンションも、この店舗も歩花さん名義で、歩花さんは跡取り娘だそうだ。

「はい、これ。初めてのお客さんって事でね、おまけしてあげる」

奥さんは僕の前にポテトサラダを置いてくれた。

「ありがとうございます」

ここのご主人は千谷《せんや》さんという苗字だそうだ。僕も改めて挨拶をし、名前を明かした。

「大翔君っていうのか。良い名前だね」

千谷さんは僕の名を褒めてくれた。その後も話が弾む。こうして店主と客は仲良くなっていくものだ。

一時間位雑談しただろうか。お客さんがやって来た。

「いらっしゃいませ」

千谷さん夫妻は、愛想のいい声でお客さんを迎え入れた。客は四十代の男性が二名。友人同士らしい。

僕はそこで勘定をし、帰宅する事にした。

3

月曜日も、火曜日も『白雪の木』は休みだった。それが僕にとっては残念でもあり、歩花さんに何かあったのかと、心配になる。

一度行っただけの、ケーキ屋の女性店主と客。

ただそれだけ。風邪でも引いたのだろう。と呑気に構える事にした。僕の大学でも早くも、風邪が流行り出したから。

いずれにせよ、僕は彼女が焼いたパンケーキが食べたいと思った。けれども休みなら食べられない。

翌日もその翌日も。

店は休みだった。

金曜日。彼女と別れてからちょうど一週間。あれから梨乃ちゃんからは音沙汰はない。僕も忘れていた位だ。僕が彼女に対する思いはその程度だったのか。それに対し僕は、安堵と失望を覚えた。

恋というものは、失った後もその人の事を忘れようとしても忘れられず、苦しむものではないのか。そんな失恋の苦しみを、感じなかった。冷たい人間なのかと、自分で自分に落胆した。

その半面やっぱり、別れた直後と同じ安堵もあった。我儘な女と別れられた安心感。それがいまだに残っている。僕はあの子の事を心から愛していなかった。

梨乃ちゃんは、そんな僕の心中を分かってしまったかもしれない。

一週間前、心がゴチャゴチャになる中で、歩花さんが焼いてくれたパンケーキはおいしかった。優しい味がした。これを食べて元気出しなさい。そんな事を言われている気がやっぱりした。失恋した後の心の中に浸みこみ、元気になったのも事実。

もとはと言えば、梨乃ちゃんが注文したパンケーキだが。

学校に行き、講義を受け、昼は学食で食べる。幸い今日は一人での食事ではなかった。同じ講義を受けている男子学生がスッと僕の隣に座り、一緒に良い？　と問いかけて来た。

彼は、峰岸聖《みねぎしさとし》。僕と同じ位の身長で痩せ型。見た目悪い感じはない。優しそうな目で、程よい短髪。どこにでもいそうな大学生男子だ。あまりしゃべった事はなく、急に話しかけて来たので、びっくりした。

他愛ない話をした。

僕が最近彼女と別れた事を話すと「えぇ？」と彼は奇妙な声を出した。「君、彼女いたの？」と問い返された。そんなに僕に彼女がいた事が意外だったのだろうか。

「黒瀬君、大人しいイメージがあったからさぁ」

峰岸君は木の葉丼を食べる手を止め、僕の方を見る。

「そっか。君も大人しいイメージあるけどね」

君に言われたくないなんて思ったが、勿論そんな事は口に出さない。

「うん。リア充大学生いいな」

ボソリと彼は寂しそうに呟いた後、丼の中をかきこむ。彼も友達が少ない方だと思う。そこのところは僕と同じ。

『リア充大学生』という言葉は僕に相応《ふさわ》しくない。それは違う。僕は彼女と別れたのだから。最近、バイトもしてない。あまり心に余裕がないからだ。金銭的な事を考えるとバイトもしたいのだけど、その勇気が今は一歩出ない。

そして今、丼をかきこんでいる彼の事は、よく分からない。僕もほとんど友達がいないので、彼と親しくなるチャンスが訪れたと思った。似た者同士。友達になれるんじゃないだろうか。

「あのさ、君、出身はどこなの？」

「僕？　都内だけどさ。青梅《おうめ》市の奥。田舎なんだよね。ここまで遠いから下宿してる」

「へぇ！」

同じ学校の学生とこんな会話を交わしたのは、久しぶりだ。一年生のオリエンテーションの時以来なのかもしれない。僕は皆の輪に入れなかった。

焦燥感が募ったまま、五月が過ぎ、六月が過ぎ……。前期試験に突入した事を覚えている。もしかしたら峰岸君も一緒だったのかもしれない。

彼もその頃から確か一人だったっけ。と、そんな記憶がある。

「やべ！　あともう少しで三限始まる！」

峰岸君の言葉に、僕は、峰岸君と一緒に箸の進みを速めた。

三限が終わると、後は帰宅するだけ。健全な大学生過ぎる。それは彼も同じのようだ。

「また明日」

彼は手を振った。僕は「あぁ」と短く言っただけ。今日初めて会話を交わしただけ。今からどっかいかない？　と、声をかけたかったが言えなかった。

ケヤキが並ぶ、アスファルトの道を歩きながらキャンパスを後にする。ケヤキの葉が、綺麗にヒラヒラと宙に浮きながら、風に揺られながら落ちて来る。

ウールのコートを着ていても、この日はあまり寒さの緩和にならなかった。僕の通っている大学のキャンパスは高台にあった。高台からは夕焼けの赤羽の街が見える。陽炎《かげろう》の夕焼け空。冬でも陽炎は見えるものなんだと、少し感動を覚えた。夏しか見えないイメージだったから。

遠くにはタワーマンション。高台に広がる団地群が一望できた。ここから見ると、赤羽も都会の街だと実感した。

坂を下り、自宅マンションに到着するとまた『白雪の木』は閉まっている。商売してはみたけれど、人気が出ない。おいしいのにもう閉店するのかな。そんな事が過る。しかしバニラの香りが、『白雪の木』の上の部屋から漂って来た。

「ん？」

鼻をくんくんさせてもう一度嗅いでみる。嗅覚は鋭い方ではないが、やはりあの時と同じパンケーキの匂いがした。

そう。紅茶が焼ける匂い。甘い香り。バニラと紅茶という組み合わせは何て合うんだろうという香り。

その部屋は白いカーテンで、閉め切っている。別に人の部屋を覗く趣味なんてない。ただあの部屋にもしかしたら、歩花さんが住んでいるのかもしれない。

濃厚な香りが強まって来た。バニラ。紅茶。バターと砂糖。そんな香りだ。

パンケーキショップでもこんな香りはしたことがない。他のパンケーキショップにも紅茶クリームを添えたパンケーキはあるけれど、彼女の作るパンケーキの方が、おそらくおいしい。

この香りにまた、感動を覚えた。間違いなくあの部屋に歩花さんは住んでいる。僕は確信した。

長くつなげたサイコロのような、真新しいマンションの左端を眺めた。

その日、僕は、目の前にある新しい居酒屋へまた足を運んだ。いつもいつも足を運ぶわけには行かないけれど、週一位なら何とか行けるだろうか。

まだ新しい、ペンキの匂いが残っている茶色の引き戸を開けると「大翔君！」と千谷さんの声が飛んで来た。

「また来ちゃいました」

えへへと頭を掻きながら、千谷さんのいるすぐ近くのカウンターにスッと腰かける。奥では白髪の男性が、熱燗《あつかん》を飲んでいた。僕に一瞥《いちべつ》しただけで、つまみを突《つつ》いている。

短冊の『白雪の木のチーズケーキ』に目が行く。それとメニューに『鳥ときのこの炊き込みご飯』が追加されていた。

「あの、ビールと、鳥ときのこの炊き込みご飯と、ポテトサラダを、それとチーズケーキを」

何だか炭水化物ばかり注文してしまった事を後悔したが、まぁいい。

「はいよ。チーズケーキが先でもいいかい？」

「あ、はい」

千谷さんは江戸っ子口調で早速、用意してくれる。炊き込みご飯は少し時間がかかるようだ。それは全然構わない。

なので炊き込みご飯よりも先に、チーズケーキが置かれた。

早速チーズケーキから手をつけた。クリームチーズと生クリーム。砂糖の柔らかな味。固くなくてスフレ程柔らかくない。

（あぁ、旨い）

パンケーキも旨いけれど、このチーズケーキだって旨い。彼女の作ったケーキがまた食べたい。ここに来れば食べられるけど……。やはり隣の店舗で買いたいものだ。チーズケーキを堪能している時、ポテトサラダが置かれた。今になってアンバランスな組み合わせだと思う。

「ここでチーズケーキ食べて行く人多いんだよねぇ。隣の店よく閉まってるから」

千谷さんは僕が注文した炊き込みご飯の用意をしながら、発した。苦笑いを浮かべている。別に困ってはいないけれど、何で閉めてるんだろうね、と言いたげな顔をしている。

「そうですよね、よく閉まってますから。歩花さん、お体でも悪いんですか？」

「いや、そんな事はないと思うけどね。まぁ気まぐれなお嬢様だからねぇ。お金もある訳だし。あ、でもねこの店にはちゃんと届けてくれてるんだよ」

千谷さんの苦笑いを見て、なるほど。と僕は頷くしかなかった。

(気まぐれなお嬢様か)

僕はポテトサラダを突く。

「綺麗なお嬢さんですけどね」

傍らで焼き鳥を焼きながら、奥さんは少し笑みを浮かべていた。歩花さんについて、悪い印象は持っていない感じだ。

「そうそう。オシャレだし『バネジョ』な、綺麗なお嬢さん」

(バネジョか)

僕は微笑しながら、ビールのジョッキに口をつける。この街の人の中には『バネジョ』という言葉が好きな人も、やや、いると実感した。

少し違和感がある言葉だと、地方出身者の僕は思う所はあるが、まぁいい。

「バネジョってのはね、赤羽女子の事。赤羽に住んでいる女の子の事を言うんだ」

千谷さんは、やや得意げに言う。

僕は、はいはい。と微笑しながら、炊き込みご飯をかきこむ。ほんのり醤油の良い香り。食欲をそそる。

「何だ、知ってたの?」

千谷さんは、とても残念そうだ。僕のリアクションを期待していたらしい。

「えぇ、まぁ。だってこの辺の大学に行ってますからね。最近『バネジョ』って言葉定着しつつありますよね？」

「あぁ、まぁ」

そうだなと、千谷さんは肩を窄《すぼ》める。少し大げさに驚いた方が良かっただろうか。

今日も他愛ない雑談をした。ここは僕が心を落ち着ける場所になってしまった。僕の心にスッと入り込むような、不思議な雰囲気の居酒屋。

そんな時、店の引き戸を開閉する音が聞こえた。

「いらっしゃいませー」と千谷さんが発した後「あら」と目を丸めた。

「ん？」

僕は後ろを振り返った。歩花さんが立っていた。ブラウンのコートを脱ぐと、赤いセーターに黒いシフォンのスカート。情熱的なコーディネートだけれど、今の季節らしい色。冬らしいオシャレなコーディネートだった。

着こなしも、その辺の女の子より上手だ。お洒落な『バネジョ』だ。都会の女性らしく洗練されていた。

スッと彼女は僕の隣に座った。チラリと歩花さんを横目で見ると、バッチリ目が合う。

慌てて僕は視線を外し、ビールを飲む。

「私もビール。それと枝豆と冷やっこ」

歩花さんの口調は何となくヤケだった。

「はいよ」

千谷さんはまた、江戸っ子口調だ。

「な、何かあったんですか？」

俺はついつい彼女に尋ねてしまった。

「別に何でもないわ」

怒気がこもった声で真っ直ぐ、前を見る彼女。歩花さんの肩がどんどん下がって行く。

間違いなく何かあった。

しかしそれ以上探るなという空気。千谷さんもそれを察したらしい。苦笑いで歩花さんを見ると、何も言わずもくもくと料理を続ける。

「あの、何でいつも店を閉めてるんですか？　楽しみにしてるのに」

僕は沈黙に耐えられず、聞いてしまった。失礼な質問だとは思ったが。

「ケーキを焼きたくないから」

彼女は目の前のビールジョッキに手を伸ばす。

我儘な答えに僕は呆気に取られた。じゃぁ何の為に商売しているのだろう。

「ケーキ屋を営んでいる以上、それはないでしょう。まだ始めたばかりじゃないですか」

「関係ないじゃない」

予想通りの答えが返って来た。確かに僕は関係ない。でも待っている客も、いると思うのだ。

「せっかくお店オープンしたからねぇ。ま、色んな事情はあると思うけど、近所のよしみとして、開けてほしいねぇ。あんたが作ってくれるチーズケーキさ、結構ここで売れてるんだよ」

「え？」

千谷さんの言葉に、歩花さんは伏せていた顔をあげた。期待に満ちた目をしたから、嬉しかったのだろう。

「そうそう。僕もおいしいと思いました。チーズケーキも、あのパンケーキも。絶品でしたよ」

歩花さんはまた視線を下に落としてしまった。悲しそうな顔。肩はやはり下がって行く。絶対何かあったのだ。

思わず抱きしめたくなったが、僕にそんな権利はないのでビールを飲み干し、お代わりを千谷さんに求める。

歩花さんはイラッとしているようだった。ビールを飲み干し、つまみを物凄い速さで平らげた。男のようだ。

「すみません、お勘定お願いします」

ほろ酔いで立ち上がった歩花さんは、バッグの中から財布を出した。

何となく、別れた彼女を彷彿させた。女性というのはこんなに我儘なのだろうか。

それとは別の心も疼く。僕は歩花さんが心配になった。店を出た時、僕は思わず店を飛び出し追いかける。

「あの……」

歩花さんが振り向いた。

「何よ」

機嫌が悪そうな意地悪そうな声。これが彼女の本性だろうか。いや違う気もする。あの時、パンケーキとチーズケーキを包んでくれた、あの優しさ。

彼女を追いかけた方が良いと言ってくれた、あの優しさ。

「あ、いや、何かすみません」

僕は言葉が見つからず、素直に謝るしかなかった。謝ると少し、歩花さんの顔が和らいだように思える。何故だろう。

マンションのエントランスにそのまま、歩花さんは向かおうとする。やはり、ここのマンションの住民で間違いない。そしてあの左端が歩花さんの住まいだ。あのパンケーキの素敵な香りは、彼女しか作れない。

あの謎の香りのパンケーキは彼女しか。

歩花さんはジッと僕の顔を見ている。やや眉間に皺を寄せながら。不快そうだ。何か言葉を期待しているようにも見える。

「君、名前は？」

「え？」

突然名前を聞かれ、意味を測り兼ねる。本当は怒ってないのだろうか。意外なセリフにずっこけそうにもなったが。

そういえば初めて店に行った時も、この人はこんな感じだった。

「黒瀬、黒瀬大翔と申します」

改めて僕は自己紹介をし、頭を下げた。

「三条歩花です」

今度は歩花さんが頭を下げた。本当は知っていたけれど「綺麗な名前ですね」と僕は褒めた。

「そう？」

また素敵な微笑み。ついつい僕は言ってしまった。

「それですよ！　その笑顔！」

「え？」

きょとんとする歩花さんに僕は続けた。

「貴女、接客する時、ムスッとしてるんだもの。笑うとかわいいのに勿体ないですよ」

歩花さんは僕の言葉に驚いたようで、目を丸くして顔を赤らめた。

「そ、そうかしら」

モジモジと両手で手もみしながら、チラリと僕の方を見つめる。

「そうですよ、かわいいです。僕は笑顔でいてほしいです」

ついつい熱弁してしまった。今度は僕がハッと顔を赤らめた。

照れる所もまたこの人のかわいい所だ。

「私ね……」

「接客が苦手なんでしょう？　分かります」

彼女が続ける前に僕が続きを言う。そんなの聞かなくたって分かるから。

「んっ。どうして分かるの？」

今度は思い切り、眉を顰められた。コロコロ表情が変わるこの人は、万華鏡のようだ。

「分かりますよ、あの接客態度」

僕は少し、ははは と笑った。僕の言葉に歩花さんは、またモジモジと下を向き、手もみをする。先程より顔が紅潮した。

「あ、あの私。それじゃぁ」

踵《きびす》を返す歩花さんに「ちょっと待って」と引き留める。歩花さんは、はぁとため息を落として、僕を睨む。

「何？　まだ何かあるの？」

拗ねたように、上目遣いで僕を睨む。ついつい躊躇してしまいそうになったが、僕はそのまま言葉を続けた。

「タッパーをお返ししたいと思いまして」

「あぁ、そんな事？」

どこか安堵したような顔。僕の言葉が彼女の心に突き刺さったのだろう。接客時笑顔が欲しいとか、笑顔でいてほしいとか彼女にとっては触れてほしくなかったかもしれない。

「そんなのいつでもいいわ」

投げやりな言葉を残し、続けて反論しようとしたのか彼女は口を少し開けたが、すぐに閉じてしまった。そしてさっさと、エントランスへ進んだ。

そんな時、彼女のスカートのポケットから、はらり。と何かが落ちた。

メモだった。

僕は思わず拾ってしまった。それには、何か不思議な事が書いてあった。

月曜、ＴＣ。金曜、ＴＣ。

それだけだ。

彼女の姿はもう見えなかった。

何かの暗号を示すものなのだろうか。僕はメモを持って居酒屋へ戻る。

先程、店内にいた客は帰ってしまったようで、店には僕と千谷さん夫婦だけになった。僕の残した料理はまだ片付けられていなかった。ホッとしながら、再び着席する。

「なんだ、兄ちゃん。あの子に惚れちまったのかい？」

ニヤニヤと千谷さんは、僕を突く真似をする。

「違いますよ」

僕はパタパタと手を振り、否定をした。第一彼女が僕なんかを相手にする訳がないだろう。あの人と付き合ったらそれはそれで、梨乃ちゃん以上に厄介な気がする。失礼だが。

「しかしあの人、本当に謎めいた人ですね」

「まぁねぇ。でも、ミステリアスな女てのは、モテるだろ。男は気になって気になってしょうがないからねぇ」

うん、そうかもしれない。と僕は炊き込みご飯をかきこむ。残念ながら少し冷めてしまった。

勘定を済ませ外へ出ると、厳しい寒さが身に浸みた。そして僕は、歩花さんの住まいだと思う部屋をチラリと一瞥した。

灯りが点いている。とりあえず、無事でよかったと僕も自分の住まいの部屋へ入った。

そしてメモを見る。

月曜、TC。金曜、TC。TCと書かれたそのメモは何だろう。あまり綺麗な字とは言えない。鉛筆書きだった。僕はため息を落として、風呂に入ってから、レポートを書いて就寝する。

布団の中で、地味だ、刺激が欲しい。なんて思いながら眠りについた。

4

月曜日。

いよいよ空も冬らしくなってきた。母の話では、僕の故郷には雪が降ったという事だ。スキー場の稼ぎ時の始まりだろう。豪雪地帯は雪が降ってくれないと困る季節。

雪が降ってくれないとお客さんが来ない。今年もたっぷり雪は降ってくれたようで、良かったと安堵を覚える。

『お正月は帰っていらっしゃい』

母にそんな事を言われたが、どうしようかと迷う。この街にすっかりなじんでしまい、ここの冬は故郷より暖かいと知ってしまった僕としては、この時期、寒冷地に帰るのが寒すぎて辛い。

僕はこの街を愛してしまったのだから。

でも東京だって寒い日は寒く、今日はウールのコートでは、寒さが緩和出来ないと分かり、ダウンコートを着用した。高校の時、これを着て学校に行っていた。

朝、外へ出ると、木枯らしが吹いていた。

最近仲良くなった峰岸君。彼と最近、行動を共にする事が多くなった。仲良くなれた事が嬉しい。住まいの場所も教えた。

というか、大学二年の終わり頃に友達が出来るってどうよ。と自分に突っ込む。彼にどんな女の子が好みなのかと、昼休み尋ねてみた。

彼は「うーん」と唸り、分からない。と返答した。この前は、僕が彼女と別れたばかりである事に驚き、僕に彼女がいた事に、羨望の眼差しを向けていたのに。

「俺は、今の所、やっぱり彼女とかはいいや」

それが彼の答えだった。うん、それも良いかもしれない。と実は僕も思う。暫くは合コンに行く気もないし、彼女を作る気もない。

暫くは彼と同じく、一人の時間をゆっくり堪能しよう。独り身は虚しいというが、自由を満喫できる貴重な時間だと僕は思っている。

冬休み位はバイトをしたいと思う。やはり実家には帰らず、短期アルバイトを探そうと、少し弱々しいながらも考えていた。

もうすぐ十二月がやって来る。十二月。僕が苦手な季節だった。恋人同士が溢れるこの季節。街にイルミネーションが灯るこの季節は、何となく苦手だ。冬の訪れが見えるようで。

冬のイベントは、クリスマスにバレンタインだろうか。クリスマスの時期に本格的な冬が始まり、バレンタインの時期に終わる。

どちらも恋人同士のイベントに思える。クリスマスは、イエス・キリストの誕生日なのに、日本で定着したイベントになり、恋人同士で堪能する行事の一つになってしまった。

去年は、クリスマスもバレンタインも、堪能出来たが、今年は一人。どうやって過ごそうか。一月は早速、後期試験。あまり浮かれてもいられない。

退屈な九十分の授業はそんな事を考えながら、過ごした。

今日もこうして一日は夕方に終わり、冬の寒さに身を包まれながら帰路を辿るいつもの風景。

坂道を下り、自宅マンションに到着した。

冬のたなびく雲を見上げる。濃紺とオレンジ色で東と西の空の色が分かれていた。ふと、歩花さんの住まいの部屋を見る。灯りは点いていない。

今日は店が開いていた。少し嬉しくなり、僕は慌てて部屋に戻り、鞄を置き、タッパーを手に持つ。これを返したかった。今日はケーキも買って帰ろう。

店のアンティーク調のドアノブを握ろうと、手を伸ばすと、ドアの右側に小さなクリスマスツリーが置かれていた。

（早いな）

そんな事を思いながらドアノブを引くと、カラン、カラン。とカウベルの音が響く。いつの間に、カウベルをつけたのだろう。

「いらっしゃ、あ」

歩花さんはテーブルを拭きながら、僕の顔を見て驚く。ムスッとした無表情から、どこかぎこちない笑みを浮かべた。

二つの小さなテーブルには『只今、ご利用できません』とプレートが置かれていた。今日はイートインが出来ない。お茶を飲みたかったから少し残念。

「おいしかったですよ、はい、これ。ありがとうございました」

僕はタッパーを差し出す。

「そう、ありがとう」

歩花さんは笑顔で受け取ってくれた。あのパンケーキが食べたい。そう思い歩花さんに尋ねてみる。

「今日は、パンケーキないんですか？」

「ごめんなさい、今日は、もう」

チラリとテーブルの方に視線を移す、歩花さんを見て、今日は作らないと言っていると理解した。

「そうでしたか、おいしかったもんで、つい……」

女の子でもないのに、あのパンケーキを求めるのは、多少恥ずかしい気がしたが、食べたかった。だから今日も食べたいなと思ったのだが、やはり予想通りの返答だ。

「じゃぁ、チーズケーキを二切れ」

仕方なく、チーズケーキをテイクアウトする事に決めた。歩花さんはそんな僕を見て、ほんの僅か微笑した。

「かしこまりました」

彼女が微笑した意図は理解していた。男が二つもケーキを食べるのか。彼女とは別れたばかりなのに？　そんな事が言いたいのではないか。考えすぎだろうか。

一つだけ買うのは恥ずかしい。だから二つ買う。それだけだ。

「あの、それとこれ……」

僕はコートのポケットから、メモを取り出す。やっと返す事が出来た事に、安堵を覚えた。

歩花さんはそれを見て、やや眉を顰めた。怒気がこもっているかと思えば、ホッとしたような顔。その後は小首を傾げた。

「これ、どこで？」

「いえ、あの歩花さんが落とされたんですよ。あの日、そこの居酒屋さんで、お会いした日に……。僕、返さなきゃって思ってて」

「そう、ありがとう」

小さく答えた歩花さんは、いつもの微笑でケーキを箱に包んでくれて、レジを打つ。ピッピッという音が静かに店内に響いた。

「七百円でございます」

その言葉に僕は七百円を出す。会計をしている際、ふと右側の壁に視線を遣った。

『クリスマスチーズケーキ、ご予約承り中』

マジックでデカデカと書かれたＰＯＰが、貼られていた。

商売する気はあるんだな。とＰＯＰから歩花さんに視線を移す。すると歩花さんは、途端不機嫌そうに眉を顰めた。あまり人にジッと顔を見られるのが好きではなさそうだ。

「何でしょう？」

「あの、クリスマスケーキ、予約できますか？」

すると「あら」と彼女は意外そうな顔をした。

「買って下さる……んですか？」

「勿論です」

「ありがとうございます！」

歩花さんは嬉しそうに、申し込み用紙を探す。そしてそれを見つけると僕の前に、ボールペンと共に置いた。

内心はこんな大きいの、一人で食べられるの？　と思っているのかもしれない。しかし商売する側としては、きっと嬉しく思っているだろう。

「ありがとう。予約してくれたの、黒瀬君が初めてです。早期ご予約の特典と致しまして、粗品をプレゼントさせて頂きますから」

店主らしく営業スマイル。

「は、はい」

頷きながら実は、どうしようという思いが脳裏を過った。ホールを一人で食べきれるだろうか。

「十二センチと十五センチとございますが」

歩花さんの言葉に、僕はホッとした。

「十二センチで」

「かしこまりました」

十二センチなら僕一人でも何とか食べられる。

「お会計ですが、そのサイズですと千八百円になります」

意外に安い。再び安堵する。僕は後払いが大嫌いだ。だから今、支払いたいと申し出た。

すると、すぐに理解してくれた。

「ねぇ、貴方ってどこの大学へ通ってるの？　北区内の大学？」

歩花さんに問われ、僕はケーキの予約の用紙に、ペンを走らせながら顔を上げる。少し僕に興味を持ってくれた事が嬉しかった。

「そうです。聖ヨハネ大学の二年生」

「あぁ、この丘の上のね」

歩花さんは、また微笑んだ。笑顔を絶やさずに、と言ったからなのかどうなのか、彼女はこの前より接客が柔らかくなった。なかなか感心だ。

「そうです」

またあの暗号の事が脳裏を過った。それについて尋ねようと口を半分開いた時だ。

「あのさ、黒瀬君、来週の金曜、時間ある？」

僕が質問する前に彼女の方からせっかちに尋ねて来た。

「はい？」

「お給料、弾むからさ、その日お店を手伝ってほしいの。お願い」

ペコリと丁寧に敬礼に近い礼を僕にする。躊躇した。

「あの、分かりました……。学校が終わった後からなら、お手伝いできます」

「本当？　良かった」

歩花さんは、肩の荷を降ろしたようだ。目が垂れている。

「その前に僕にもあのメモの事、教えて下さいよ」

少し反発的になってしまった自分が、恥ずかしい。でもあの暗号めいたのが、気になって気になって仕方がないのだ。

「あぁ、あれね、私にも分からないの。ポストに入れてあったんだから」

「……とおっしゃいますと？」

「ここのマンションね、ポストだけエントランスの外側にあるでしょう。それに入ってた。だから私も見てなかったのよ」

「そうですか……」

防犯カメラにも映っていないという。誰が投函したか分からない、謎のメモ。僕はハラハラしてしょうがなかった。大丈夫だろうか。誰かの嫌がらせではないといいが。

「警察に言いました？」

「これ位の事で、動いてくれる訳ないじゃない」

歩花さんは、苦虫を嚙み潰したような顔になる。確かにそれはそうだ。

5

十二月に入り、五日目。迫りくるように金曜日がやって来た。待ち遠しいといえば、そうであるような、ないような。

冬の夜明けは遅い。午前七時頃。弱々しいオレンジの光がゆっくりと、上へ向かって行く。

綺麗に瞬く星空は、少しずつ消え始めた。夜が明けた後、透明のガラスのような空へ変わって行くこの時刻。

この日一限が休講になり、二限からの講義だった。朝ゆっくりしていいのだけれど、何故か早く目が覚めてしまい、夜明け頃の空をぼんやり眺めていたのだ。

向かいのマンションの住人らもまだ、眠っているようだ。

十二月、毎年この時期、学生は浮かれ始める。クリスマスに正月、冬休み。楽しい事ばかりだ。特に女子学生は、彼氏とどうやって過ごそうか、どこへ遊びに行こうか、と、学業どころではない。

『ケーキはどこで買う?』『チキンはどこで買う?』

そんな台詞ならまだ、かわいい。

『彼がね、新宿のホテル予約してくれたんだ』

社会人の彼氏がいる女子学生は、新宿のホテルを予約していた事を夢心地に喋り、昼時の食堂で、女子学生の黄色い声が響いていた。

かつ丼を頬張りながら峰岸君が、珍しくため息をついている。

「俺、高級ホテルなんか泊まった事ないや」

峰岸君は自嘲的な笑みを浮かべた。

「別にいいじゃないか。俺だってないよ」

僕はそのままかつ丼を食べる。女の子達は今、どういう男と付き合っているのかが、ステイタスなのかもしれない。自分の持っている『好き』という恋心よりも。

会話から、学校名や会社名で男を選んでいるような気がした。

明らかに彼女らは、彼氏の話をして、張り合っているのが分かる。こういう子達が、結婚してお母さんになると『ママカースト』が出来上がる。

「女って、したたかな生き物だよなぁ。嫌ンなるぜ」

黄色い声を出してはしゃいでいる女子学生にうんざりしながら、峰岸君は少しだけ、視線を移した。

「まぁまぁ、どこにでもある光景じゃないか」

僕はついつい口角を上げてしまった。こういう女子達を見ると、彼女を作る気が失せてしまうのが、男としての本音だった。

「女って言えばさ」

峰岸君はサラリと話題を変えた。

「君の住まいの前にケーキ屋さん出来たの知ってるか？」

「あぁ」

いきなりそんな話題で、ドキリと心臓が跳ねた。

「あそこのパティシエさ、すっごい美人。知ってるか？」

「え？　あぁ」

生ぬるい返事をしておく。何となくそのことには触れられたくない。僕の事ではないけれど、嫌な予感がざわりと胸に広がる。

「あの人、イギリスに留学してた事もあったんだってさ」

「へぇ〜」

それは知らなかった。何で知ってるの？　とついつい尋ねた。そんなに歩花さんは有名な人だったのだろうか。

「俺んちの大家の娘さんがその人と、同じ高校に行ってたらしい。高校の文化祭で、ミスに選ばれたりした」

「へぇ」

また先程とは違う、へぇの言葉が漏れてしまった。確かに美人だ。選ばれるのも納得が行く。けれどもあんな、ツンケンした人が、ミスコンに出るなんて思えないから驚いた。

人づきあいが嫌いな彼女が、そんなコンテストに出るなんて思えなかった。

彼の話に黙って耳を傾けた。ミスコンは投票式で行われたらしい。学校で一番綺麗な子は誰か。生徒会役員らが行った、アンケート式の投票だったらしい。すると見事に、歩花さんが一位になった。

ステージに、ムスッと立ったという。生徒会長に今の心境は？　と問われ『全く嬉しくないです。迷惑です』と歩花さんは言い放った。

何とも歩花さんらしい答えだと思うが。

「高校二年の時、イギリスに半年位留学して帰って来たんだってさ。頭も良いからいい大学に入れるのに、それを蹴って製菓学校に行ったって高校じゃ、大騒ぎになったらしい」

そんな歩花さんに、恋人がいたという噂が立った。でも噂は噂だけで、それが真実なのかどうかは誰も知らないらしい。

「でも噂なんてそんなもんじゃないのか」

高校生の噂なんてそんなものだ。騒ぎ立てるのが楽しい年頃でもある。

「まぁね。けどどんな美人か見てみたいもんだ」

女の子に興味がないと言いつつ、しっかり興味があるじゃないかと僕は突っ込んだ。

峰岸君の大家の娘さんは多分、歩花さんに敵意があると内心感じた。

失礼だが、確かに歩花さんは女性に好かれるタイプではないのかも。

午後の三限の授業が終わると、僕は一目散でケーキ屋へ向かった。待ちわびていたように、歩花さんは安堵した顔を浮かべた。

店内にはいつも通り、甘い匂いが漂う。バターと砂糖の焦げる匂い。どこか高級な香り。女の子が大好きな香りとはこれだろう。

「これを上から着てくれる？」

歩花さんから手渡されたのは、黒のトレーナーに青いエプロン。男子らしい制服ではあるが、ケーキ屋らしい制服ではない。

「こんな、男くさいのでいいんですか？」

僕はてっきり、白い服を渡されると思ったから拍子抜けした。

「いいのよ。男くさくて。男なんだから」

相変わらずツンケンした言いぐさ。

（はいはい）

内心、苦笑いしつつシャツの上から黒のトレーナーをかぶり、エプロンをつけた。

「ちょっとこっち来てくれる？」

彼女は僕を厨房へと促す。

厨房の中はもっと甘さが広がっていた。広めのキッチン。大きなキッチン台。

大きなオーブン。正にケーキ屋といった厨房。

「粉を篩《ふる》ってくれる？」

彼女は小麦粉が入った袋をドスッと、棚の上に置いた。

「あ、はい」

「今日はチーズケーキはもう焼かない。パンケーキを焼く分だから」

「今日はパンケーキを焼く日なんですか？」

あれから焼く様子はなかったので、僕は意外に思い目を瞬かせた。

「そういう訳でもないんだけどさ」

歩花さんは肩を上下させた。じゃあどういう訳だろう。突っ込みたいが、そんな事聞
ける雰囲気はない。

聞いたら聞いたで、怒りの言葉が飛んできそうだった。

「分かりました」

僕は言われた通り、小麦粉をふるい器で篩う。パラパラと結晶のように小麦粉はボウ

ルに落ちて行く。

グラニュー糖と小さなバターが置かれていた。

そしてやはりロイヤルミルクティが入った小さなボウルも、視界に入る。歩花さんはやはりまた、あの紅茶のパンケーキを焼こうとしているというのは分かった。

峰岸君が大学で言った言葉が脳裏を過った。イギリスに留学していた事だ。イギリスの国民は紅茶を愛している。

だから紅茶のパンケーキなのだろうか、と。あのTCは何か意味があるのか分からないが、紅茶のパンケーキを焼く日である事を表しているのだろうか。

しかし月曜は、提供していないようだ。月曜TC、金曜TC。いくら考えても僕に意味は分からなかった。

「あぁ！　ちょっとまって！」

慌てた声が飛んで来た。

「はい？」

僕は置かれた卵をそのままボウルに割って入れた。

「ごめん。言い忘れてたけど、メレンゲにする予定だったの」

歩花さんは、苦虫を噛み潰したような顔になる。

「そうなんですか、す、すみません」

僕は咄嗟に謝った。聞いてなかったとはいえ、パンケーキの材料を混ぜ合わせるのだ。最近ではパンケーキを作る際、卵はメレンゲにする店が多い事を、僕は忘れていた。

「いいの。私が言わなかったのが悪いの。これはオムレツにでもしようかしらね」

歩花さんは、怒気がこもった声を発しながらも、ニッコリ笑ってくれた。

おそらく彼女は僕にではなく、自分に苛立っている。業務用の冷蔵庫から、彼女は二個取り出した。

「白身と黄身、分けられる？」

「多分、苦手です……」

「料理は好き？」

「好きですけど、すみません。白身と黄身を分ける作業はした事がないです」

ケーキ作りには必要な過程だ。料理やお菓子作りは好きだ。しかし、卵の白身と黄身を分ける作業は、した事がなかった。実はまだスポンジケーキは焼いた事がないのだ。僕が作るのは、お菓子ならカップケーキや、パウンドケーキ、ホットケーキなどだ。

「そう。じゃぁそれは、私がするわ」

慣れた手つきで歩花さんは、卵を白身と黄身に分け、卵白が入ったボウルと泡立て器を差し出した。

「き、器械使わないでメレンゲ作るんですか？」

「当たり前よ」

それは無茶だと絶句している僕に、歩花さんは続けた。

「器械でするよりね、人の手でメレンゲ作った方が、きめが細かくなる事が多いの。だから、メレンゲを作る時、器械を使わないパティシエって結構多いの。みんな腱鞘炎になるけどね」

ほんのちょっと恐ろしい事をサラリと告げた。きっと彼女もメレンゲを作るのが嫌いだ。だから僕を今日だけ雇った。納得だった。

「分かりました……。頑張ってみます。っていうかメレンゲ作るのなんて中学の調理実習以来ですけどね」

「じゃぁお願いします」

明日の仕込みをするという歩花さんを俺は、引き留めた。こうなったら、駆け引きだ。

「その代わりに、あの暗号みたいなやつの意味教えてくれますか？」

「あぁ、あの、TCってやつね？」

僕が、そうです。と頷くと、そんなの私も分かんないわよ。と、つっけんどんな返事が返って来てずっこけた。

「でも」

途端、歩花さんは真剣な表情になる。

「あのＴＣ、紅茶ケーキの事だって私は思ってる」

歩花さんは、今日使用したボウルなどを洗いながら言う。

「紅茶ケーキ。ですか……」

「そう、紅茶のパンケーキね。うちでもまだ、数える程しか出した事ないんだけどね」

ふーん。と僕は鼻を鳴らすしかなかった。数える程しか作った事がないパンケーキ。

あのパンケーキに感動し、メモを入れたのではないかと考える。

となると、今までパンケーキを食べに来た人が、メモを入れた事になるのではないか。

「誰なのか、予想はついてますよね？」

そんなに頻繁に出さない、気まぐれで気分が乗った時しか焼かないパンケーキ。貴重なものだ。

「そんなの知らないわ。初めの四日は提供してたの」

またツンケンしながら歩花さんは、ボウルや食器類を水で洗い流している。

「え？　そんなに？」

「そうよ。でもロイヤルミルクティを入れたパンケーキ作るの面倒になっちゃって。作るのやめたわ」

僕はまたずっこけた。だったら普通のプレーンのパンケーキを提供すればいいものを。

「今、心の中で、普通のパンケーキを焼けばいいと思ったでしょう？」

睨むような目を僕に向ける歩花さん。思わずたじろいだ。

「いえ、そんな事は」

肩が跳ねながらも、否定する。否定した所で、信じてもらえないだろう。いや、そんな事を確かに思ったのだが。

「普通のはね、嫌なの。面白みがないもん」

その台詞に矛盾を感じた。ミルクティを使ったパンケーキは面倒だ。プレーンは面白みがない。だったら何故イートインスペースを設け、提供していたのだろう。

けれども、　ピリピリしている歩花さんに今、　それを聞くのは不可能だ。

パンケーキもイートインも、気まぐれで気が向いた時だけ、のスタイル。何度考えても、やはり違和感を覚える。

パンケーキを焼くのはお客様の為というより、自分の為なのだろう。

今日パンケーキを焼く理由は、全く分からない。そのパンケーキを焼く為に、僕は今日短い時間バイトに入った。

（一体何なんだ）

疑問を抱きつつも、僕は右手を痛めながらメレンゲを作っていく。僕の隣で、歩花さんは違う作業をしている。

卵黄を泡立て器で混ぜ、グラニュー糖を何回かに分けて入れている。

「本当にパンケーキって……大変な料理なんですね」

まるでケーキを焼くように。

「そう。だからお店でパンケーキオーダーしたら、高いのよ」

「そうですか」

僕は必死にメレンゲを作りながら、生ぬるい返事で流す。少し白っぽくなってきた。ツノをしっかり立てなければならない。

時間をかけ何とか理想のメレンゲが出来上がった。

「うん！　これでいいわ。ありがとう」

歩花さんは満足そうに笑みを浮かべる。満足してくれて良かった。

入店を合図するカウベルの音が鳴り、歩花さんはお店へ出て接客をした後、厨房にまた戻って来た。

歩花さんは、パンケーキの材料をボウルの中に投入していく。

上手い具合に生地が出来た。このまま型に入れてパウンドケーキでも作れそうな感じもする。歩花さんは、混ぜ合わせたボウルを見て「メレンゲ、ありがとう」と微笑んだ。

「そろそろいらっしゃる頃だわ」

歩花さんは言う。

「はい?」

僕が発した言葉と同時にまた、カウベルの音が鳴り響いた。スッと歩花さんは素早く店頭へ向かう。

僕はキッチンの窓から、レジの様子を窺った。年齢は七十前後だろうか。身なりの良い男性が、ケーキのショーケースの前に立っている。

会話までは聞こえない。歩花さんはスッとイートインスペースのテーブルの方へ向かう。そして「ご利用できません」のプレートを取った。

違和感を覚える。

(誰だ? あの老人……)

僕がここでパンケーキを注文したのは、彼女にフラれた日。それ以降は歩花さんが、この店でパンケーキを提供した日はない。今日、久しぶりの光景だった。

老人は何か注文しているようだ。歩花さんはウエイトレスらしい礼をして、こちらへ向かってきた。

「さ、パンケーキを焼くわ」

歩花さんは気合いを入れた顔をする。パンケーキ用のフライパンを手に持った。

「あの方、誰なんです?」

パンケーキの生地をじゅわっとフライパンに流す歩花さんに、尋ねた。

「誰だと思う?」

少し意地悪な笑みを浮かべる歩花さんに、僕はついついムッとしてしまう。知らないから聞いているというのに。

「知りませんよ」

ついついムッとしたまま答えてしまった。フライパンからはミルクティの香ばしい匂いが漂う。

やっぱり大好きな香りだ。

「ホイップ泡立ててくれる? 少しでいいから。やり方教えるから」

また無茶な頼みごとを歩花さんはするが、バイトだから仕方がない。ちゃんと給料をもらうのだから。

「分かりました」

業務用の割と大きめの冷蔵庫から、生クリームを出す。歩花さんの指示により、ボウルに生クリームを入れた後、グラニュー糖三十グラムを入れた。ホイップの泡立て方を教えてもらい、腕が痛いのを我慢して、試みる。僕にはパティシエは向いていない。

それでも何とか泡立てたホイップ。割と大きめな白い皿に、小さめのパンケーキ三枚と、ホイップ。

そして歩花さんが、手作りの紅茶クリームとアイスを添える。本当にパンケーキショップにあるような見栄えのいいパンケーキだ。

これがパンケーキショップにあったら、売れるだろう。

「悪いけど持っていってくれる? 珈琲から先に置いてね。フォークとナイフは小さな長細い籠に既に入れて、テーブルの端に置いてあるの」

歩花さんは、テーブルを目で指した。

「分かりました」

僕はトレイの上に焼きたてのパンケーキと、珈琲を乗せテーブル席まで運ぶ。僕はこういうバイトはした事がない。コンビニだけ。しかしコンビニだって接客業だ。一応は客相手の仕事は慣れている。

「お待たせいたしました」

僕は一礼をして、珈琲から先に置いた。

そしてパンケーキを置く。その男性は目を丸くしつつじっくりと僕の顔を眺めた。ついつい見返してしまう。目が大きな老人だった。目を大きく見開いたので、更に大きく見えた。

「君はアルバイトか?」

その声は老人らしいどこか、かすれたような太い声にも聞こえる。

「え? ええ。まぁ」

今日一日だけですけど。心中でそう呟いて「ごゆっくりどうぞ」と頭を下げる。

その男性は怪訝な目を僕に向けてきた。何故なのかは、分からない。

そそくさと、キッチンの方へ向かう。

「あの人本当に誰なんです？」

またついついさっきと同じ質問を繰り返してしまった程だ。歩花さんは返事をしなかった。彼女は明日焼くチーズケーキの材料を揃えていた。

小さなイートインスペースのテーブルを見た。その男性はゆっくりとパンケーキにフォークとナイフを入れる。紅茶クリームの香りを嗅いでいる。

いい香りだと思ったのだろう。僕も食べたい。少し羨ましく感じた。

「ご年配の方ってパンケーキ食べないと思っていました。でも食べるんですね」

僕は厨房の窓から、少し珍し気に視線を移した。

「まぁね。ホットケーキみたいなもんだから。好きなご年配の方はいると思うわ」

「ホットケーキ……ですか」

「そうそう。日本で一番初めにホットケーキが発売されたのが、大正時代。銀座の百貨店でね、初めて提供されたの。当時はハットケーキと言ったそうだけどね。昔からあるのよ。ホットケーキなんて」

「知りませんでした」

感慨深くまた、何度も目を瞬かせてしまう。ホットケーキがどんどん進化して、オシャレになりパンケーキになったという事か。と、時代の流れに一人で勝手に納得していた。

TC＝紅茶のケーキの略で、あの男性が歩花さんのポストに、ねだるようにTCと書いたメモを投函したとそんな事が思い浮かぶ。

けれどもいつもパンケーキを焼かない歩花さんは何故、パンケーキを焼く気になったのだろう。

表のプレートを『close』にして来てほしいと促され、僕は表へ出て白いプレートを『close』にした。冷たい風を身で感じる。

コートを羽織っていないから、余計に寒い。小さなダイヤの粒のように星が輝いていた。

店に戻るとさっきの男性が「ちょっと君、来なさい」と手招きする。

「はい、何でしょう？」

おずおずとテーブルに歩み寄った。

「これ、紅茶のホットケーキかね？」

「まぁいえば……紅茶のパンケーキですが」

白い皿に視線を遣ると、綺麗に平らげていらっしゃった。

「ふむ……。そうか」

真剣な顔で平らげた皿を見つめる男性。何か不満でもあっただろうか。あのTCの紙を投函したのは、この人じゃないのだろうか。TC=紅茶のケーキ。紅茶のパンケーキが食べたかったのではないか、と頭の中で思考を巡らせる。

さっきからジッと歩花さんがこちらを見ている。痺れを切らしたのだろうか。歩花さんがこちらへやって来た。

「先生、お気に召さなかったでしょうか」

一礼した後に、歩花さんは真顔のまま、その男性の顔を見つめる。

(先生?)

ついつい目を丸くしてしまう。先生とは恩師だったという訳か。

「いや、ワシはハットケーキが食べたかったんじゃ」

ハットケーキ。さっき、歩花さんが言ってた大正時代のホットケーキか。これを今のパンケーキで言えば、プレーンのパンケーキという事になる。TC=紅茶のパンケーキではなかったという事か。

僕と歩花さんの考えた事は外れた。

「申し訳ありません。今月はこのパンケーキで行くつもりなんです。うちはパンケーキ屋ではありませんので、たまに提供する感じですが」

丁寧に頭を下げる歩花さんを見て、たまにどころか滅多に提供しないじゃないか。と心中で突っ込んだ。

「あのハットケーキ、作ってくれるかね」

促すような目を向ける男性。あのハットケーキ。と言うには、何か歩花さんとの、思い出があるのだろう。

「先生、それは……」

歩花さんはクスリと微笑みながらも、顔が引きつっている。不快なのだろう。先生と言う位だから、多分この人は恩師。恩師だからどうやって丁寧に断ろうか、考えているようにも思えた。

「あぁ、あの。僕が作っては駄目ですか？『ハットケーキ』」

突然提案した台詞に二人は、驚きの表情で見る。ホットケーキは、作りなれている方だ。先生と言われる男性は、すがるような表情。歩花さんは眉間に思い切り皺を寄せながら、少しゆっくりため息をついた。

「分かったわ。材料もメープルシロップもあるから。用意するから」

「お許し頂いて、ありがとうございます」

僕は、歩花さんに頭を下げた。歩花さんは「うん」と短く言い、小麦粉などの、材料を揃えてくれた。

生地を混ぜ合わせる事から、まず始める。

歩花さんから指導された通り、手を動かす。

小麦粉百六十グラム、ベーキングパウダー小さじ二杯、砂糖大さじ三杯を計り、それを全部一緒に混ぜ合わせ、ふるい、ボウルに入れておく。別のボウルに卵を割り入れ、牛乳百四十cc入れて混ぜ合わせた後に、先程一緒にふるい真っ白になった粉をボウルに投入し、泡立て器で混ぜ合わせると、トロッとした生地になった。

紅茶のパンケーキよりは作るのは多分、簡単。後は焼くだけ。

フライパンに油を引き、弱火にかけ、フライパンが温まって来たら濡れ布巾の上に一度置き、もう一度フライパンを火にかけた。そして、生地をゆっくり流す。じわじわと円形状に広がって行く。

歩花さんがスッと中に入って来た。

「生地に気泡が出来たらすぐに裏返してね」

「わ、分かってます」

これは時間が勝負。一分でも間違えると綺麗な生地に仕上がらない。

「生地を裏返して、超弱火で二分！」

「は、はい！」

キッチリした時間を言われ緊張しながらも、それを守る。フライパンによって焼く時間は違うのだと言う。

きっちり計って二分。まず一枚目を皿に盛りつけた。良い感じだ。程よいきつね色。

感動していると「もう二枚！」と促される。

「あのですね、あの先生、既に三枚パンケーキ食べてますよね。こんなに食べられるものですか？」

粉ものは結構、お腹が膨れる。しかもお年なのだから、パンケーキ六枚はキツイのではないだろうか。

「いいのよ。先生がおっしゃってるんだから。もう一枚だけ焼いて。三枚目は一応焼いておいてね。お皿に乗せるのは二枚だけ」

「……分かりました」

先程と同じ要領でもう一枚、ホットケーキを焼く。一枚目より二枚目の方が上手くいった気がした。そして最後にもう一枚焼いたが、これは別の皿にのけておく。

一枚目とほんの少しずらして、ホットケーキを盛りつける。バターをトッピング。メープルシロップを添えて出来上がりだ。

我ながら良い出来。勝手に感動していると、歩花さんはそのお皿をスッと手に持ち、テーブル席へ運んでいく。

『ハットケーキ』を目の前にしたその男性は、嬉しそうに目を細めた。

「そう、これこれ」

歩花さんの恩師であろうその男性は、もみ手をした後、パンケーキにナイフとフォークを入れる。口に入れるなり、顔が輝いたように見えた。

「君、料理上手だね」

歩花さんの恩師はパンケーキから僕へ視線を移した。嬉々とした声と表情。本気で言っているようだ。

「いえ、そんな。歩花さんに比べるとまだまだですが……。ありがとうございます」

はははと僕は誤魔化し笑いを浮かべる。こんなに褒められるのは予想外だ。

「田中先生」

歩花さんがスッと僕の側に立つ。ふわりと甘い香りが鼻についた。

(田中先生？　田中先生っていうのか、この人は)

ついつい交互に二人に視線を遣ってしまう。

歩花さんはエプロンのポケットからスッと、メモを出した。

「私、このTC、ティケーキだと思ってました。でも違ったんですね。ごめんなさい」

意外なセリフを発する歩花さんに、ついつい視線を向けてしまった。

「Tは田中のT、Cはホットケーキの下の文字のC。相変わらずお茶目。今になって気がつきました。今まで思い出せずに、ごめんなさい」

全く意味が分からない。何故苗字のTとホットケーキのCを混合させたのか。頭の中がウニになりそうだ。

「お茶目なジョーク分かってくれた？」

田中先生は変わらず、パンケーキを陽気に頬張る。三枚既に食べているのに、よく追加で食べられるな。と若者の僕でも感心だ。

「高校時代、先生は授業中よく言っていました。先生のお母さんが作る『ハットケーキ』が『田中ケーキ』だって。先生は田中ケーキが好きだったんですね」

歩花さんの言っている事がジョークに聞こえた。そんなの本人にしか分からない。本当にギャグのようで、ずっこけそうになった。

「あの、先生、どうしてこんな事したんですか？」

僕は真相が知りたくて、ついつい尋ねた。

「この子が高校の時ね……」

先生はまた優しそうに、目を細めた。

「え？」

「調理実習で作ったホットケーキを職員室に持って来てくれてね。それがやたらと旨かった」

僕はソッと盗み見るように、傍らに立っている歩花さんに視線を移した。相変わらず無表情。

「あの時」

無表情のまま、歩花さんは語る。

「私が通っていた高校では、高三の最後、家庭科の調理実習で、お世話になった先生にホットケーキを作ってプレゼントしましょう。なんて幼稚な企画があったの」

「へぇ」

素敵な企画ではないか。幼稚というのは少し、違う気がする。僕は何か歩花さんに突っ込みたかったが、出来なかった。その無言の表情が、僕をそうさせた。突っ込むのを阻止する表情だったからだ。

歩花さんが少女時代、学校が嫌いだった事は充分理解した。田中先生は珈琲のお代わりを促した。歩花さんは営業用の礼をし、中へ引っ込む。

「歩花さん、色々あったんですかね？」

彼女に聞こえぬよう、ボソボソと田中先生に問う。田中先生は、チラリと歩花さんが中で珈琲を淹れる様子をうかがってから小声で「まぁね」と認める。

「お待たせいたしました」

歩花さんは今度は、違う珈琲カップに淹れて持って来た。白と紺色のボーダーの珈琲カップは、ナチュラルでそれでいて、洒落ていた。

雑誌によく出てくるような、珈琲カップだった。

「うむ。ありがとうね」

先生は珈琲を啜りながら、優秀な生徒を褒める時のような視線を歩花さんに送る。

「あの時、色んな生徒がホットケーキを持って来てくれた。調理実習で作ってくれたホットケーキをね。でも一番旨かったのが、三条君。君のホットケーキだったよ。うちの母親がよく作ってくれたホットケーキの味にそっくりでね」

歩花さんの顔が少し柔和になった気がした。しかし何も喋らず、黙ったままだ。

田中先生のお母さんは、大正生まれ。とっくに他界しているが、大正時代、銀座の百貨店でハットケーキが提供された時、食べに行った事があるそうだ。

月に一度、食べに連れていってもらったそうだ。ハットケーキならぬ、ホットケーキが一般家庭に普及したのが、昭和三十年代。ホットケーキミックスが発売されたのもこの時代だった。

田中先生のお母さんはよくそのホットケーキミックスで、ホットケーキを作ってくれたらしい。子供の頃の思い出となった。

「ホットケーキがいつの間にか進化して、洒落たものになっちゃったね。パンケーキって言われるものになって。さっき食べた紅茶のパンケーキも実は旨かった。しかし私の求めているものは、普通のバターとシロップをかけて食べるものだ」

フォークを置いて、田中先生は僕に視線を向けた。

「やっぱり『TC』は『田中ケーキ』の略。英語の授業で、一度先生がそう語った事を思い出したんです。生徒達はそれを聞いて大爆笑した。先生のお母さんが作ったホットケーキが、田中ケーキ。何か当時、違和感を覚えたのを覚えています」

確かに……。それは僕も違和感を覚える。田中ケーキなんて発想、考えられない。自分のケーキにしてしまいたかったという事か。それに第三者の僕なんかが、あのメモを見ても分かる訳がない。

「ここに店がオープンしたと、噂で知った。HPを見たら教え子の名が書いてあるじゃないか。うちの近所で、君の店でパンケーキを食べた子がいてね。おいしかったと話を聞いた」

しかし、滅多に店主はパンケーキを焼かない。そんな事も教えてもらったそうだ。

「私はね、どうしても君が作ったホットケーキが食べたかったんだ。家内が作ってくれる事もあるが、やっぱりどこか違う。君が焼いたのが、他界した母の味に似てると思ったからね。焼いてくれるかどうか、試してみた。だからTCと書いたメモを書いた。三条君は勘が良い。解読するのでは。と思ってね。解読出来なかったら、それはそれでいいと思ったから、今日、行きたいとだけ頼んだんだ」

先生は、歩花さんを試した。暗号を解読してくれたのなら、焼いてくれるだろうと、密かに期待した。滅多に焼かないと聞いたから、直接頼んだ所で、焼いてくれるとは思わなかったらしい。

だから、暗号のメモを作ってポストに入れた。『賭け』だったのだ。

「先生が食べたかったのは、歩花さんが作ったホットケーキですよね？　僕が作ってしまいました。すみません」

僕はまた敬礼するように、頭を下げる。田中先生は、ははははと陽気な笑い声。

「いや、なに。君が謝る事じゃない」

「でも」

「いいからいいから。良い焼き具合だった。きっと三条君から、アドバイスされた通り作ったんだろう？　それで充分だ」

先生の声は優しかった。気遣いが伝わって来る。狭い空間の中で、先生が寂しそうに目を細める。その瞳が気になった。何か隠し事をしているように見える。

歩花さんの作ったパンケーキ、いやホットケーキを求めた訳は、他にもある筈だ。先生の年は僕の両親より、大分上だ。それでも何故か僕は、故郷の両親を彷彿させてしまい、田中先生が心配になった。静かに歩花さんは頭を下げた。綺麗な昔のメイドのような、女性らしい美しい礼だった。

「すみません、先生。月曜日はパンケーキを提供していなくて。本来、ここはチーズケーキを提供していまして。パンケーキはついでというか、滅多に焼かないんです」

僕は店の中を改めて見回す。小さな店舗の中に、イートイン用の小さなテーブルが二つ。ガラスのショーケースの中には、真っ白で整った形のチーズケーキが、普段並べられている。

今日はあまりケースの中に、ケーキは入っていない。売れたのだろう。この小さな店でチーズケーキの販売だけで忙しい中、パンケーキを提供するのは、不可能に近い。それをどうにかゲリラ的に売っている感じだ。

そんな中でパンケーキも提供しようとした、歩花さんの心境を知りたいと思った。すると田中先生は言葉を発した。

「それは分かってる。貴重なホットケーキだ。だからこそ、人は食べたくなるものだ。最後に食べる事が出来て良かったよ。あの暗号を解いてくれてありがとう。この街を出て行く前に、三条君が作ったホットケーキが食べたかった」

悲し気なセリフが胸に突き刺さる。

「え？」

僕は素直に聞き返してしまった。

先生は立ち上がり「会計を頼む」と言う。

「あの、どちらへ行かれるんですか？」

歩花さんが心配そうに質問する。これが最初で最後なのは、悲しすぎた。人嫌いであろう歩花さんが、尊敬している恩師。きっといい先生に違いない。

「私はね、さいたまの小さな老人ホームに入る事になった」

「え？」

意外なセリフに、僕と歩花さんの声が重なる。そんな中、先生は表情を緩めた。

「娘の住まいの近くでね。長年住み慣れた赤羽を去るのは寂しいが……」

そういう事情なら、仕方がない。僕の傍らで歩花さんは寂しそうにため息を漏らした。眉が八の字になっている。

「先生、差し入れをお持ちして、お伺いしてもいいでしょうか」

歩花さんは細く息を吐く。その歩花さんの優しさが、隣にいた僕の心に浸みた。この人は読めない人だけど、根は優しい。僕がこの店で彼女にフラれた時も、背中を押してくれた事を思い出す。

つい最近の話なのに、何故か遠い昔のように思えた。

そんな中、先生は小さく微笑んで「ありがとう。来てくれると嬉しいよ」と財布をポケットから取り出した。

「ではまた、ハットケーキを作ってお持ちします」

歩花さんは綺麗な顔に、最高の笑みを浮かべ、レジを打つ。先生はホットケーキをお代わりし、珈琲のお代わりをしたのに、お代わりの代金は歩花さんは、請求しなかった。

「おや、いいのかい？」

田中先生は三千円を財布から出そうとし、そのまま静止した。

「えぇ、いいんです。今日、ご来店頂いてありがとうございます」

歩花さんに、うむ。と田中先生は頷いてから、僕を見た。

「君ももしよかったら、私に会いに来てほしい」

「え？　本当ですか？」

僕は戸惑いながらも、少し嬉しさを覚えた。

僕の隣で、絵に描いたような笑みを歩花さんは浮かべる。何故だろう。この人のたまに見せる少女のような、綺麗な笑みは人を元気にしてくれるから不思議だ。

先生は入居する老人ホーム名を歩花さんに伝え、歩花さんの笑顔に見送られ、すっかり陽が落ちた赤羽の街の中の、坂の上をゆっくり歩いて行く。

吐息が暗闇の中でも、白く見えた。歩花さんの笑顔が段々真顔に戻って行く。隣で見ていて僕はそれが寂しかった。ずっと笑っているのは疲れる事だけれども。

「さて。寒いわね。中に入ろうか」

今度は真顔を彼女は僕に向けた。

「は、はい」

アンティーク調のドアノブを引き、中へ入る。

「君にお給料払うわね」

歩花さんは、早速電卓を取り出しカチャカチャと打つ。僕の時給を計算しているのだろう。

そういえば時給はいくらなのか、僕は聞いていなかった事を今になって思い出す。お金の為、というよりは、興味本位でこの話に乗った。だから時給はいくらでも良かった。

けれども東京都の、最低賃金の時給は九百五十八円。とても高い。地方から上京してきた僕は、その金額を聞き、初め、驚いた。長野県の最低賃金は七百九十五円だから。だから九百五十八円を下回る事はない筈だ。

「かれこれ、二時間近くいて貰ったから、二千四百円ね」

カチャカチャと電卓を打つ音が、八分音符のように奏でられた。意外に沢山貰えた事に、僕は驚きを覚えた。

「いいんですか？　そんなに」

「うん」

相変わらず無表情のままで、茶色い封筒に歩花さんはレジからお金を取り出して入れる。時給千二百円。悪くない。地方出身の僕からすると沢山貰えた事に、心が潤う。ケーキ屋の販売のパートやアルバイトなら、時給は千円位が相場だ。時給千二百円は高すぎるのだ。

正直、嬉しい。けれども東京都内は物価が高い。このお金もすぐに飛んでしまうだろう。

「ありがとうございます」

僕はそれを受け取り、頭を下げる。

「いいのいいの。君さ、ここでバイトする気ない？」

突然の台詞に瞬きした。それはちょっと……。

「学校が忙しいですし、それはちょっと……」

思わず苦笑いが漏れる。バイトを雇いたければ募集をかければ、きっとすぐに、人は見つかる。僕じゃなくて主婦を雇った方がもっと手際よく上手に働いてくれる。

「そう？　残念。じゃぁさ、時間がある時に来てよ」

歩花さんは可愛らしく、小首を傾げた。こういう所はズルい。男心をくすぐる気だろうか。でも時間がないのも確かだ。四限がある時は十六時、五限がある日は十八時を過ぎる。

「うーん。そう言われましても、ね」

「平日は無理よね？　土日は」

何故彼女は僕をそこまでして雇いたいのだろう。

「いえ、それはちょっと」

ここでバイトしたいか。といえば実はちょっと違う。

それは何故か自分でも分からないが、彼女も今はいない。バイトもしていない。久しぶりの自由の時間を満喫したいのかもしれない。

「すみません。少しゆっくりしたくて」

正直に答えると、歩花さんはそれ以上、追求しなかった。

「そう。残念」

本当に残念そうな歩花さん。細いため息が可愛らしい。申し訳なさが胸に突き刺さる。

「でも、気が向いたら、いつでも入って頂戴」

「ありがとうございます……」

何故そんなに、僕を雇いたがるのだろう、と再び思った。それに休みも多い。不思議だった。けれども、質問出来なかった。いつまでもここに居るのも申し訳ないので、僕は制服を脱いだ。どこに置いていいか分からず、小さなイートインスペース用の椅子に、とりあえず衣類を置いた。

「そこに置きっぱなしでいいわ」

歩花さんに言われ、その通りにする。帰ろうとする僕に、歩花さんは白い箱を僕にスッと差し出した。

「これ、余ったからあげる。生クリームも入れたから」

先程ショーケースの中にいた、ケーキ達だった。

「そんな、いいですよ」

僕はかぶりを振った。バイトの求人を断った上、ケーキを頂くのは申し訳ない気がした。

「いいの。明日は明日で、新しいケーキを置きたいから」

「でもいいんですか？」

スーッと冷えていた体が熱くなってきた気がした。理由は分からない。

「うん。でもまたせめて、買いに来て。ね？　バイトは気が向いた時入ってくれたらいいから」

その台詞に歩花さんがそんなに僕に拘《こだわ》る理由が知りたくなった。だから尋ねてみた。

「あの、どうして、僕なんですか？　もっと仕事が出来る人、雇った方がいいんじゃあ」

つい本音を言ってしまい、不思議そうに首を傾げる僕に、歩花さんは、クスッと微笑む。

「君は感じがいいし、イケメンだから。お客さんもそんな店員さんに悪い気がしないと思うんだ。君がいると繁盛しそうな気がする」

おだて上手。思わず苦笑いが漏れる。しかし、残念ながら僕の気持ちは揺るがなかった。

学校にレポートの提出も沢山ある。来年からは就職活動に向けて、ガイダンスも始まる。ちょっとバイトするのは、心の余裕がなかった。バイトしている学生は勿論いるけれども。

「考えておきます」

結局曖昧な返事にとどめておく。

「そう。でもまた、気軽に買いに来て」

はい、と返事しながら、ドアを開け向かいのマンションへ向かう。澄んだ冷たい夜空に、何故か冷やかされている気がした。

自室へ戻ると、空気が冷たく慌ててエアコンをつけた。

(クリスマス前後位はバイトしようかな。短期間だけ)

きっとクリスマスはそれなりに、忙しいだろう。その後年末年始になり、休みになる。

この前、クリスマスだけでもバイトしようかな。そんな事を考えていたばかりだ。でも今になり、気が変わっていた。ゆっくりしたいのもあるし、クリスマス時期、ケーキ屋は多忙になる。

かなり動揺している。迷っていた。

(どうする？　バイトするか？　いや、やっぱりレポートが。一月は後期試験があるんだし、どうだろう)

自問自答した。下らない事かもしれないけど悩んだ。彼女が僕にバイトに来てほしいのは、何となく僕にSOSを出している気がした。

そう思うのは、自意識過剰だろうか。その一方で同じ学校の峰岸君の言葉も脳裏を過った。

高校の時、彼氏が居たという噂。でもそれが本当かどうなのかは、分からない。歩花さんと付き合う男性は、どんな男性なのだろう。気難しい彼女の心を解くのは、難しい事だ。

けれどもやはり、どう考えても、考えが辿り着くのは、今はバイトは無理、という事だ。けれども謎だらけの、彼女をもう少し知りたいと思った。

疑問を抱きながら、貰ったチーズケーキを食べる事にした。このチーズケーキには、砂糖が入っていない紅茶が合う。

大学に入った頃、百円ショップで購入した水色のマグカップに紅茶のティバッグを入れ、お湯を注ぐ。ほわりと、紅茶の良い香りが鼻孔をくすぐった。

チーズケーキをフォークで切り、刺して口の中に入れる。優しくて甘いチーズ、土台になっているクッキーが見事にマッチした。濃厚な生クリームの味も口の中に染み渡る。

「あぁ、旨い」

歩花さんは天才だ。あっという間に食べきってしまった。おいしい。でも本当は歩花さんが作ったパンケーキが、また食べたいと思った。

けれども気まぐれな彼女。いつ焼いてくれるか分からない。気が向いたら焼いてくれる、彼女のパンケーキは凄くおいしい。

翌日。午後の講義が休講になった。峰岸君に「メシ食いにいかね？」と軽い口調で誘われた。特に用事もないし、その誘いに乗った。

向かった先は、駅前のマクドナルド。昼時という事もあり混雑していたが、幸い二階に空いていた席があり、座る事が出来た。僕も峰岸君も頼んだのは、ビッグマックのLサイズのセット。

お互い大きな口をあけて、ハンバーガーを頬張る。

「君さ、暇な時とか講義終わった後、何してんの？」

峰岸君は、ポテトをパクパク食べながら尋ねて来た。多分彼は、僕より空腹なのだろう。

「家で、ボーっとしてる事が多いよ」

なんてつまらない奴だろうと、思われる事を予想した。『もっと、青春を謳歌《おうか》しろよ』なんて言われると思った。

「それじゃぁ、まるっきり俺と一緒じゃん」

彼は安心したように眉尻を下げ、破顔し、ハンバーガーにかぶりつく。

「え？　そうなの？」

「うん。それはそれで楽しいけどさ。たまに外に出てみたいと思うよな。だから今日、君を誘ったんだ」

峰岸君、嬉しい事を言ってくれるじゃないか。彼は咀嚼《そしゃく》しながら、セリフを続けた。

「まぁ、でもレポートの宿題も多いしな。いっつも外に出る訳にはいかないけどさ」

「そうなんだよなぁ」

それに関しては同感だ。大学は宿題がない所だと思っていたが、レポートの提出はよくある。遊んでばかりいたら、大変な事になる事を思い知った。後はどうでもいい下らない話で、盛り上がった。

彼の中で僕の事を、友達と認識してくれたと感じた日だった。

ミラノの伝説シュトーレン風パンケーキ

1

　冬という季節はどうしてこう、辛いのだろう。

　街の雰囲気はクリスマス一色になった。赤羽の駅前はイルミネーションで、素敵な光が輝く。駅前のイルミネーションはクリスマスを過ぎても夜は、いつも灯されていると の事だった。しかし、クリスマスバージョンのイルミネーションは今だけ。

　僕は豪雪地帯出身の癖に、冬が嫌いだ。故郷の飯山に比べるとこの街は、寒さは大分マシではあるが、やはり寒いには寒い。ウールのコートでは寒さは凌げず、その日はダウンコートを羽織った。

『神の御子は』という讃美歌のオルゴールが、店の中で音を奏でていた。その優雅な調べを聞きながら、僕は駅前で、地味に食材を調達した。

　赤羽駅の東口から西口へ、駅の中を通って移動する。西口の前も、やはり、ツリーが飾られている。

駅前の雑踏の中、僕は歩みを進めた。アピレとイトーヨーカドーの前を通り、横断歩道に差し掛かる。シグナルが青になるのをジッと待つ。

青になると、道路を渡った。腕時計に視線を遣る。時計の針は、十六時ちょうど。寒さが一層増してくる時間。マフラーをしていてもやはり寒かった。

でもこれ位の寒さなんて、序の口。これからもっと寒くなるのだから。冬の始まりでこれだけ寒いなんて、先が思いやられる。

急な坂道を登って行く。決して楽じゃない。西口の住宅街は基本的に坂道に建っている。西口一帯が坂道が多い理由は、山、崖、谷という、高低差のある元々の地形の関係上、そうなっているらしい。

上野から荒川がある赤羽まで、高低差があり、坂がある。

この坂道周辺は右へ左へ集合住宅が広がり、団地も沢山建っている。一般家屋もあるけれど、この坂道に建っているのは、集合住宅が多い。この辺はご高齢の方も、沢山住んでおり、この坂道はきついだろう。

桐《きり》ケ《が》丘《おか》団地の前を通る。ここの巨大団地は、全部で約五千世帯が生活していると言われている。東京二十三区の中でも最大級の、団地群。

ここ桐ケ丘の団地が建っているこの場所は、昭和二十年まで、火薬庫があった場所だった。

戦後、軍の解体によって不要になった火薬庫は、戦災者、引き揚げ者や復員した兵士、他にも、行き場を失った人々に、応急住宅として提供された。その提供された場所が開発され、沢山の団地が建ち、今に至る。桐ヶ丘団地街の隣には、赤羽台団地がある。赤羽台団地は昭和三十七年に建設された、同じく巨大団地街。こちらは、被服庫の跡に建てられた。桐ヶ丘団地が初めに作られたのは、昭和三十二年。桐ヶ丘団地の方が、若干歴史が古いという事だ。

このマンモス団地群の景色も、見慣れた。この高台から見える夕日を見るのが好きだ。沢山の団地群や、遠くに見えるマンション群に沈むこの都会の夕日は、故郷で見る夕日とは違う趣がある。

この団地の真ん中に大きめの公園があった。春や夏は緑に囲まれ、煌々として美しい。花壇もあり、春や夏は、花が咲く。緑色の木に囲まれ自然の森のような感じだ。しかし今は冬。

木々は葉を落とし、寒々しい風景が広がる。寂しい事に小さな子供の姿は見かけない。遊具が古いからかもしれない。

遊具も年季が入っているが、ベンチも年季が入っている。そのベンチに、ポツンと歩花さんが座っていた。

茶色のダッフルコートに手袋。それだけでは寒さは凌げないのではないかと、心配になった。ぼうっと朱色の空を眺めている。何を思っているのだろう。横顔に哀愁が漂っていて、声をかけるのを躊躇《ためら》った。横顔をハッキリ見たのは初めてだった。長いまつげに、猫のような愛くるしい瞳。

男心が揺さぶられそうになる。思わず声をかけるのを躊躇っていると、僕の視線に気がついたのか、歩花さんがこちらに視線を向けた。

大きな愛くるしい二重の瞳をパチパチさせてから、真顔のまま会釈をする。僕も思わず会釈をした。

「こんな所で何やってるんですか？　風邪ひきますよ」

僕は歩花さんに歩み寄った。

弱々しい筈の冬の朱色の光は時々、悪戯する。歩花さんに光が当たり、逆光のせいで少し妖艶に輝いた。

思わず見とれてしまう。不思議な気持ちに戸惑った。そんな中、歩花さんが、クシュン、と猫のようなクシャミをした。

ガタガタと震える歩花さん。

「こんな所にいつまでも、いるからですよ……」

僕は自分の巻いているマフラーを、歩花さんに渡す。歩花さんは細くて白い手をソッと出して、ありがとう。と呟く。

（なんだ。かわいい所あるじゃん……）

改めて思う。初めは不愛想でツンケンした人だと思ったけれど、意外にこの人は素直なのかもしれない。

「あのさ、付き合ってほしい所あるんだ。良い？」

歩花さんは、僕が貸した紺色のマフラーを巻きながら頼み事をした。

「え？　あぁ、はい、構いませんけど……。どこへ？」

「いいから来て」

ピョンと跳ねるように、歩花さんは古いベンチから立ち上がった。

僕は一度家に、購入した食材を置きに戻らせてもらってから、再び歩花さんと歩き出す。

マンションの前で待ってもらっている間も、空をジッと眺めていた。空はゆっくり夜へ向かって行く。

「どうしたんです？　さっきから、空ばかり眺めて……」

「うん、私、冬の空が好きなの」

少女のように無邪気な顔で歩花さんは、目を細めた。いちいち、今日はしおらしく、可愛らしい所を見せてくれる。

「どうしてですか？」

「星が一番綺麗な時季だから」

正当な理由を歩花さんは言いながら、二人で坂道を下って行く。確かに冬は一番、星が綺麗だ。

僕の故郷の飯山では、冬に流れ星が見える事もある。雪が降っていなければの話だけど。飯山はスキー場の為にあるような街だ。冬、晴れている事が珍しい。

それを歩花さんに教えると、ロマンチック！ と、しっかり女の子らしい事を言う。

坂を下り、再び赤羽の駅前までやって来た。駅前のイルミネーションが綺麗だと再び実感する。

「買い物ですか？」

「ううん。来てきて！」

歩花さんはそう言って、歩みを弾ませながら、とあるカフェへ僕を誘導した。

いや、カフェというより、喫茶店に近い雰囲気。年季が入った茶色い外観だった。店の名は『ワンスモア』。古いドアノブを押すと、ぼんやりした白い光が店内を灯していた。

ほんの少し古いテーブル席が二十程。割と広めの店内。

客の年齢もまばらで、お喋りを堪能する大学生らしきカップルから、主婦同士、ビジネスマン風の人がテーブルの上でノートパソコンを打っていたり、ご年配の方までそれメニュー表に視線を遣る。『シュトーレン期間限定』と、可愛らしい文字が、視界に入った。

歩花さんはそれをジッと見ながら、声を弾ませた。

「私、プリンアラモードとこれ食べる」

僕は、シュトーレンの方に気を取られた。シュトーレンか……。確かこの時季、洋菓子店やパン屋なんかで売り出されている事を思い出した。僕の故郷の方でもこの時季は、積極的に店頭に並ぶ。

スーパーでも売られていたな、と記憶が過る。

「いやぁ、でもシュトーレンなんか、この辺で売ってるじゃないっすか。ここで食べたら、一切れ二百五十円もするんですよ。買って帰った方が安くないですかねぇ」

ついつい、体育会系口調で、ケチ臭い事を言ってしまった事に後悔する。

コートを脱いだ歩花さんは、僕の言いぐさにムッと眉間に深い皺を刻む。あぁ、無理もない。気を悪くして当然だ。

「あぁ、すみません。変な事言っちゃって」

咄嗟に謝るしかない。苦笑いが自然と浮かぶ。

「君、夢がないわ。そんなだから、彼女に振られるのよ。マフラー、ありがとう」

僕にマフラーを返して、人差し指を僕にズバリ向ける歩花さん。その言葉は、僕の少し浅くなった傷に、塩をすりこんでくれた。

じわっと痛みが胸の内に広がる。

「すみません……ですよね」

ごもっとも。だから振られるんだよなぁ。心がもやつく。その心のもやもやを吹き飛ばすように「ですよね、きっと旨いでしょうし、僕も食べますよ」と僕はあははと、誤魔化し笑いを浮かべた。

この人は可愛いけれど、基本、毒舌。そう思った方が良さそうだ。

「うん。そう来なくちゃ。私ここのシュトーレン大好きなの」

「へぇ、そんなにおいしいんですか？」

「そうよ。プリンアラモードと、よく合うんだから。毎年食べてるの」

それはちょっと不思議な組み合わせだ。プリンアラモード。おいしそうだけど、僕はそんなに好きか？　と問われたらそうでもない。というか、食べたのがいつだったのかも、思い出せない。

そんな会話を交わしていると、店員がやって来た。そうだ。ファミレスじゃないんだから、ここは呼び出しボタンなどない。

僕より十程年上のウエイターさんが、お決まりですか？　とメモと、ペンを用意している。

「あ、ええと、珈琲とシュトーレン二つと……」

歩花さんは、プリンアラモード。それを注文しようと口にしようとした時「プリンアラモードと、レモンティ！」僕の台詞を制するように、乗り出すように、注文する。よっぽど食べたいと見た。けれども僕はその一方で、気を落とした。

女性がカフェや飲食店で、スイーツを男の前で二つもオーダーする時や、料理を大量に食べる時はその男に興味がないと、何かの雑誌で読んだ事がある。女性というのは、好意を持っている男の前ではガツガツ食べず、小鳥のように食べるのだと。

その話が本当かどうかは分からないが、本当なら、ちょっとショックだ。僕は視線を落としながら古ぼけたテーブルに置かれた、歩花さんの白い華奢《きゃしゃ》な手を見ていた。細くて白い手。ネイルも指輪もしていない手だった。パティシエだから基本的に手にアクセサリー類はしないのだろう。

僕は視線を店内の絵に転じた。壁に掛かっている、雪山の油絵をぼんやり見つめた。故郷の飯山のようだ。

喫茶店なんか入ったのはいつぶりだろう。梨乃ちゃんがカフェが大好きで、付き合わされた事は何度かあったが、別れる一か月位前は入った事がなかった。

貧乏学生の僕は喫茶店で、一人でお茶は飲まない。

珈琲一杯飲むのなら、やはりコスパ抜群のチェーン珈琲店や、コンビニの百円珈琲で済ませてしまう。

喫茶店で暇つぶしに珈琲を飲むのは、僕にはハードルが高すぎて。

「もしかして、久しぶり？　こういうお店に入ったの」

歩花さんは少し、僕の顔を覗く。心の中を見透かされたような気がした。

「えぇ。まぁ」

「そっか。大学生の男の子はこういうお店、入らない？」

「ん～入らないですね。オシャレ過ぎて」

嫌いではないけれど、お金の事を考えると。

再び店内を見回す。白い壁にほんのり暗い店内。建物自体が割と古めだった。内装を見るとそれなりに年季は入っている。

けれども清潔さはあった。小さなテーブルの奥にあるメニュー表を手に取る。

カレー七百円。ハンバーグランチ八百五十円。うん、決して高い値段ではない。僕にはハードルが高いのだ。

でも絶対おいしいのだろう。

「歩花さんはよく来るんですか？」

今度は僕が質問をする。この街の事は、僕より歩花さんの方が詳しい。おいしいお店も沢山知っているだろう。ここによく来ると答えたのなら、きっとここの店はおいしい筈だ。

「うん。子供の頃からよく来てた」

その返答は『バネジョ』らしい答えだった。彼女は小さい頃から、ここでプリンアラモードを食べていた訳だ。

「って事は、ここのプリンアラモードは凄くおいしいって訳ですね？　子供の頃から食べてたんですか？」

「勿論」

少女のように歩花さんは軽やかに答えた。この人は読みにくい性格をしていると言えよう。無表情でやや頑固な所もあるけれど、心根は綺麗な人だ。

あまりこの人と距離が近くなってしまうと、好きになってしまうかもしれない。何となくだけれど、この人を好きになってはいけない気がする。

そこだけは気をつけたい。

「お待たせ致しました」

そんな下らない事を考えていると、僕の心を制するようにウエイターがプリンアラモードと、シュトーレンをトレイに乗せて運んでくれた。

後ろにはバイトらしい、若い女の子が珈琲とレモンティをトレイに乗せて立っている。

歩花さんの前に置かれたプリンアラモードは、銀色の食器の上に真ん中に手作りらしいプリン。その両脇にバニラのアイスとホイップ。そのプリンとアイスを囲むように、バナナ、イチゴ、キウイなど彩りよく飾られていた。

平成生まれの僕は分からないけれど、昭和時代の喫茶店のプリンアラモードって、きっとこんな感じだったのだろう。

「わ、おいしそう」

歩花さんの声が弾んだ。バナナやイチゴ、キウイの色合いがカラフルで、食欲をそそる。主役のプリン、そしてアイスを一層、おいしそうに見せてくれるから、不思議だ。シュトーレンもそうだ。粒が大きめのものや、小さめのドライフルーツが、コロコロと詰まっていて周りは粉砂糖がおいしそうに、まぶしてある。

夢がつまったスイーツだと納得した。

しかしこれと、プリンアラモードが合うのかは首を傾げてしまうが。

「おいしそうでしょ？　アイスも二つもトッピングされて、安いよね。黒瀬君も食べる？」

歩花さんはスッと僕にスプーンを渡す。

「え？　いえ、あの……」

まるでこれじゃ、デート中のカップルだ。恋人じゃないのだから、戸惑った。

「いいから食べなよ」

歩花さんは強引に僕にスプーンを、押しつけた。思わず受け取ってしまった。

「い、頂きます」

緊張しすぎて食欲がなかった。それでも僕はスプーンでアイスをすくい、イチゴをスプーンに乗せ、口元へ運んだ。アイスクリームや果物自体食べたのが、いつぶりか思い出せない。

実は信州は密かな酪農県だ。牛乳やアイスがおいしい。田舎なので農産物もよく売れている。イチゴもアイスもいつも高校時代は、上等なものを食べていた。

実家の近くには牧場アイスが売られており、いつもそこで買って食べていたっけ。

上等のアイスを食べて育った僕には、東京の喫茶店のアイスクリームの味が、パンチのない味に思えた。でもそんな事は口にしない。コンビニのアイスがおいしくないと思う僕の舌は、贅沢だった。

イチゴも飯山の道の駅で売られている方が、ジューシーでおいしい。

けれども、これが都会の味だと思いながら、胃の中に落とす。

「おいしいですね」

我ながらあまりリアクションがない答えを、発してしまった。

「本当はおいしいと思ってないでしょう?」

また歩花さんに、心を見透かされてしまいドキリとする。本当にこの人はエスパーか、魔女か。

「いえいえ、おいしいですよ。でも僕、男ですからね。女の子みたいにそんな食べないですからねぇ」

いい言い訳を返したつもりだった。しかし歩花さんはまた眉間に皺を寄せる。

「だって私が作ったパンケーキや、チーズケーキはおいしいっていうじゃない」

またチクっと針で心を突いた。確かにその通り。

「いや、おいしいですよ。都会にはこんなおいしい食べ物あるから不思議だなぁ～って……」

また誤魔化すような台詞を発したが、その台詞を歩花さんは素直に受け止めてくれた。少し表情が緩む。

「そうなんだ。黒瀬君の故郷にはないの？」

「あぁ、ないですね。子供の頃、長野市で食べた事がある位です」

「まぁ、そんなもんよね」

歩花さんは納得したようだった。そう。プリンアラモード自体が子供の頃、長野市で、母親に買い物に連れて行ってもらったついでに食べた事がある位。

今では希少価値のスイーツかもしれない。そんな事を思いながらシュトーレンをフォークで切る。きめ細かなシュトーレンはフォークを入れると、スッと切れた。固いイメージがあったから意外だった。それをフォークで刺し、口に入れる。

「あ、これはおいしい！」

流石、プロのパティシエの歩花さんが、好むだけの事はある。甘いレーズンやクランベリー。噛みしめると少し酸っぱくなり、また甘みが広がる。

砂糖とおいしいパウンドケーキのようなバターの味が、口の中を幸福で満たしてくれた。

「でしょ？」

また嬉しそうにどこか誇らしげに、歩花さんは笑顔を見せる。流石は『バネジョ』。この街のおいしいものは、この人に聞けばいい。

「これから、どんどん、この街のおいしいもの教えて下さいね」

歩花さんにすがってみた。すると、歩花さんは「勿論」とおいしそうに、プリンを口の中に入れ、頷く。スイーツを食べている女性というのは、本当に幸せそうだ。

けれども女性の好みと、男の好みは違うかもしれない。そう言えば、僕は彼女の好みを知らない。

「あの、歩花さんの好きな食べ物って何ですか？」

「えっ」

僕の突然の質問に歩花さんはスプーンを口に入れるのを、静止する。けれどもすぐに、柔和な顔になった。

「実はハンバーグが好き。コーンスープも」

なるほど。お子様好みだなぁなんて考えながらも「そうなんですか」と頷く。聞かれてもいないのに、僕は自分の好物を山賊焼きと、述べた。

「山賊焼き？　何それ？」

歩花さんは不思議そうに小首を傾げながら、興味津々で尋ねて来る。その表情が愉快で見ていても、面白い。

「長野県の松本市の名物なんですよ」

これは、松本市のソウルフードの一つ。鶏モモ肉をしょうゆとニンニクのタレに漬け込み、片栗粉をまぶして揚げたものを言う。

これはそのまま食べても、タルタルソースをつけても、マヨネーズをつけてもおいしい。大きなから揚げみたいなものだ。

「へぇ！　おいしそう。それって松本市じゃないと食べられないの？」

「実はねぇ、長野県内なら割とどこでも食べられちゃいます。蕎麦屋なんかで置いてる店が多いですね」

「そうなんだ！　いいなぁ、それ」

歩花さんはどうやら、肉が好きらしい。まさかここまで食いつくとは思わなかった。この料理は長野県の一般家庭でも結構普通に作られるし、給食にも出る位だ。僕はこれが好きだ。残念ながら東京で見たことはない。

「そっか。それ作ってみようかな」

歩花さんがプリンを頬張りながら、声を弾ませた。

「料理も好きなんですか？」

「勿論」

歩花さんは自信満々に首肯した。彼女が作ったスイーツはおいしいので、きっと料理もおいしそうだ。でも食べさせて、とは言えなかった。

食べさせてほしいと喉から出かかったが、理性で制した。この人に、言ってはいけない気がしていた。何故なのかは自分でも分からない。それは恋人同士じゃないからだろうか。

そんな中、歩花さんはプリンアラモードを既に平らげていて、シュトーレンに手をつけはじめた。可愛らしいシュトーレンを頬張るなり、また顔が綻んだ。

「実はね、私、シュトーレン風のパンケーキを販売しようと思って」

「え？」

あんなにパンケーキを焼くのを嫌がっていた歩花さんが、一体どういう経緯でと、問いただしたくなった。

口をあんぐり開けてしまった僕に、歩花さんはムッとした。

「そんなに驚く事?」

「いえ、だってあんなに、パンケーキを提供するの嫌がってたじゃないですか。一体どういう風の吹き回しで?」

イートインスペースはあるものの、ほとんどそのテーブルの上には『只今、ご利用できません』と書かれたプレートが、置かれている。

歩花さんの恩師が来た時も、渋々パンケーキを焼いた癖に、だ。

「クリスマスだから」

「はぁ……」

それもイマイチ意図が分からない。とにかく歩花さんは少し気分屋である事が分かった。でも僕は店主じゃない。だから歩花さんが焼きたいのなら、焼けばいい。

少し沈黙が降りて来た。その沈黙を破るように、歩花さんは口にする。

「といってもね、パンケーキの生地にドライフルーツを混ぜるだけなんだけどね」

「なるほど。それは良い考えですね。おいしいと思います」

「でも週に一回しか焼かない!」

またそれか……。そう来たか。

「はぁ……」

僕は少し呆れを含んだため息を漏らしてしまった。それじゃぁ商売にならないだろうと突っ込みたくもあったが、この人の本業はチーズケーキ屋。パンケーキ屋じゃない。

それに僕は彼女の店の店員じゃない。だから、僕に反論する権利はない。

「今度はね、予約制にするの。毎週月曜だけ焼くの。一日限定二名。ネットから予約する仕組み」

「あ、それならいい考えですね」

これまで週に一度焼かない事だってあったのだから、それなら上出来だ。毎週月曜だけ焼くという手はありかもしれない。

彼女の本業は、飽く迄チーズケーキ屋なのだ。チーズケーキを焼くついでに、たまにパンケーキを焼くのはありだろう。

「週に一度しか焼かない上に、予約制に限定するのは行列が出来るのを防ぐ為ですか？」

「勿論よ。前も言った通り。それにさ、私は都会のパンケーキ屋みたいに行列が出来ちゃうと困っちゃうから」

「そうでしたか……」

一人で切り盛り出来ないから行列は、大変だ。でも小さなカフェスペースはやる気はあるみたいだ。月曜に焼くのも、何か意味がありそうで尋ねてみた。

彼女曰く、人は金曜に浮かれる。金曜に予約制にすると予約がすぐに埋まってしまいそうだから駄目だと言う。なるほど。週初めの月曜日ならそんなに人が来ないという訳か。

パンケーキブームは一時期より下火になったと言っても、平日でも都内の有名なパンケーキの店は行列が出来る事もよくある。

「でも、世の中暇な女子大生なんかもいますからね、あまり月曜に限定しなくても」

「いいの。月曜日で。月曜だけで丁度いいと思う」

確かにそうかもしれない。彼女の作るパンケーキのおいしさを知っている人は、何曜日であろうと食べたいだろう。週初めの月曜は、仕事が忙しくて来られない人も多いだろうけれど、仕方ないのかもしれない。

居酒屋も金曜日が一番混む。日曜や月曜の夜は、あまり混まない。金曜日は人は開放的な気分になる。歩花さん曰く、ケーキも金曜がよく売れるとの事だった。

「なるほど」

人気のパンケーキを金曜に販売したら、大変な事になると言う訳か。

「けど、この前、金曜日もパンケーキ提供してましたよね？」

「だ・か・ら、よ。ケーキよりもパンケーキを食べたい人が多くてね。結局気まぐれに出す事になっちゃったりね」

　この前と違う事を歩花さんは述べる。まぁ、この人は気まぐれな人なので、良いだろう。色々矛盾が生じるが。

　そして、退店時。金のない学生でも、やはり女性とお茶をした時位は出したかった。相手が年上の女性でも。だから僕はテーブルの端の伝票に、手を伸ばそうとした。

「あら、遠慮しなくていいのよ。私の方が年上なんだからさ」

　お姉さんぶった言い方をされ、少し男心がグサリ。

「それに君、学生でしょ？　あまりお金ないでしょ？」

　遠慮しないでズバッという所も、歩花さんらしい。引っ込み思案だけど辛口。それも歩花さんだ。

「はぁ……」

　僕は思わず、縮こまる。

「だったら、ここはお姉さんに奢《おご》られて頂戴」

　伝票の端を少し持った僕から、サッと歩花さんは取り返した。ここは奢られる事にした。しかし、女性に奢られるのは恥ずかしい。女性に奢られる事を恥に思わない男はいるものだろうか？　お姉さんと言っても、一つしか年は違わないのに。

　せめて割り勘にすれば良かった。

喫茶店を出ると、冷たい空気が頬に当たる。

「ひゃぁ、さむっ」

歩花さんは一瞬、身を竦めた。確かに寒い。でもこの程度の寒さは、僕の故郷に比べたらどうって事はないといつも感じる。

「私さ、買い物したいんだ」

歩花さんは肩から赤いポシェットを提げながら発する。

「そうでしたか、あの、それじゃぁ僕は、これで……」

一礼し、去ろうとした時だった。

「待って」

歩花さんは僕の腕をクイッと軽く引っ張る。反射的に振り返った。すがるようなキラキラした瞳。突然の事で驚きを覚えない訳がない。

赤羽駅前の東口のイルミネーションの前の雑踏の中で、僕は体がフリーズした。この人は小悪魔だ。どうやったら、男心を摑めるか知っている。

流石の僕でさえ、心拍が加速してしまう。

「あ、いや、あの……」

「少しでいいの。付き合って」

「あ、はぁ……」

すがるような眼差しを向けられ、回避不可能だった。彼女は僕の腕から、するっと手を放し、弾むように歩みを西口へ向けて行く。

ごった返した駅の中を歩いて行く。会社帰りのサラリーマンで改札口付近は溢れていた。

2

帰宅した時は十九時を過ぎていた。結局駅前の商業施設で、歩花さんの洋服選びに付き合った。

彼女はピンク色のセーターを一枚購入。女性の洋服の店なんて入るのは久しぶりだった。ああいう店は男が入るには、女性同伴でも少し勇気がいるものだ。

(周囲からカップルに見られたんだろうなぁ)

思わず苦笑いが漏れた。ここの所、歩花さんの表情が柔らかくなった気がするのは、気のせいだろうか。少し前までは、きつい印象だったから意外だ。

(恋をしているのだろうか？　相手は誰だろう。だとしたらそれは俺ではない。そんな事分かっているだろう)

自問自答している自分がいた。そして何故か虚しい気持ちがこみ上げて来る。不思議な気持ちに戸惑いながらも、シャワーを浴びた。

全く空腹感はない。いつもならこの時間は空腹な筈だ。シュトーレンを食べたからだろうか。

（シュトーレン食べたのいつぶりかな……）

頭の中で思いおこしてみたけれど、食べた時期は思い出せない。母は毎年は買っていなかったと思う。買った年もあったが。レポートを書きながらそんな事を考えた。嫌いな事をしていると、睡魔が襲って来るのは何故だろう。

体に任せてその日は眠る事にした。

翌日の朝。空腹感とカーテンの隙間からこっそりと入って来る弱々しい光で目が覚めた。時刻は八時前だった。故郷より暖かいとはいえ、やはり寒い。この時期は布団から出るのが嫌だった。

それでも何とか身を起こした。スマホの液晶画面を眺める。ふと、昨日の歩花さんの台詞を思い出した。

『白雪の木』のＨＰを検索してみた。早速パンケーキが注文できるようになっていた。

『クリスマス限定のパンケーキ、シュトーレン風パンケーキを、当店のイートインスペースで召し上がれます。毎週月曜、十二月二十五日まで、一日二名様までとなっております』

昨日の今日で早速の更新。流石だ。歩花さんらしい。感心していると、僕の空腹の虫が鳴った。昨日、夕飯を食べていなかった事を思い出し、早速朝食を摂る事にした。トーストを焼いて目玉焼きを焼き、インスタントコーヒーを淹れた。簡単な朝食だ。昨日の夜はシュトーレンで腹が満たされた。その後、少しの緊張でやや食欲がなかったのだろう。

そんな事を思い出しながらかじるトーストは、小麦とバターとイチゴジャムの良いバランスが、舌にじわっと広がった。

(十二月二十五日までの提供か。だったら俺が予約してもいいのかな)

だったら予約してみようと、早速スマホを手に取り、液晶画面を見つめる。既に一週目の月曜は予約で埋まっていた。早い。

じゃぁ、二週目を予約しようと、ＨＰの予約フォームのボタンを押した。あと一席です。と赤い文字が示されていた。

(よし、予約完了!)

自分の名前を入力し、予約するボタンを押すと『ご予約ありがとうございました』と文字が出た。

予約が終わった所で、学校へ行く準備をする。そしてマンションを出ると早速弱々しい光が、グレー色の雲の隙間から照らして来る。

重ね着をした上に、チャコールグレーのダッフルコートを羽織った。小さく細い風だけれど、寒さはきっちり身に浸みた。肩を上下しながら学校へ足を向けると、またバターの香りがした。

ふと頭上を見上げ、右側のマンションの歩花さんの住まいを見つめた。

砂糖とバターの甘い香り。きっとパンケーキの試作品を作っているのだろう。パンケーキというよりはホットケーキに近い香りだった。そして少しイチゴが焼ける匂い。

本当に不思議な匂いだった。次第にイチゴが焦げる匂いになる。少しツンと鼻がおかしくなりそうで、ならない。煙たい匂いの後に、甘いような朗らかな香りが追いかけて来る。

もしかすると、パンケーキ作りに失敗したのかもしれない。

イチゴジャムを作る時の香りとは、違う香りだった。

僕はそのまま歩みを、きつい坂道に進めた。雲の隙間からの細い光が、早く行きなさいと言っているように思えた。

去年もそうだったけど、今年もやはり学生達は浮かれていた。授業中も、講義はそっちのけ。こそこそと楽しい会話が繰り広げられていた。恋人との過ごし方や、福袋の話。地方出身者の子は冬休みに入ったら、早速実家に帰るのだと、夢心地に語っていた。冬休みも目の前。

しかしその一方で、大学生なのに沢山のレポートを『宿題』として休み明け、提出するように言う教授もいる。

僕はノートを取りながら、ノートを取らない学生らのコソコソと楽しい会話をぼんやり聞いていた。僕の傍らで峰岸君も聞いている。彼も少し小さなため息を落としていた。

（羨ましいんだろうな）

実は僕も羨ましい。そう思わないようにしているけれど。

去年のこの季節も学生は、こんな感じだった。そういえば先週もそんな事を思いながら、講義を受けた筈だ。

学生の半分は講義を聞いていなかった。前の席の方には真面目な学生がシャーペンを走らせ、先生の講義をメモに取る。この先生の講義は退屈だった。

ほぼ口頭講義。黒板にほとんどこの先生は、書かなかった。喋っている事がテストに出る。だから僕は必死でノートを取る。峰岸君も同じだった。彼はチラチラと前の席に座っている学生らを見ながらも、しっかりノートを取っていた。

彼は根は真面目だ。

一限、二限と講義は順調に終わり、昼食。学食は当たり前だけど、いつもごった返している。今日の混雑ぶりは、凄かった。だから売店で弁当を買い、次の講義の教室で食べる事にした。

「君は、冬休み予定あるのかい？」

「え？　俺？」

唐突に問われ、僕は何となく間抜けな声を出してしまった。

「うん。実家長野だろう？　帰らないの？」

「うん、帰らない」

ついつい即答してしまった。

「帰らないんだ？　俺は帰るんだ」

峰岸君は、トンカツを箸で挟んだまま驚きの目で僕を見る。そんなに驚く事だろうか。

「だってさ、あっちは寒いから。こっちの方が暖かいからね」

「本当にそれだけか？」

何故か峰岸君は、にやけながら意味ありげな目線を向けて来る。

「何だよ」

その目線が不気味で、不躾な視線で跳ね返す。

「昨日チーズケーキ屋の美人店主と、歩いてたじゃないか」

ペットボトルの緑茶を飲んでいた僕は、ついつい、ぶっと軽く吹きこぼしてしまった。

見られていたようだ。

「ったく、女の子と付き合う気ないといいながら、ちゃっかり女の子と歩いてんだもんなぁ。羨ましいよ」

口角を上げて笑われてしまい、一瞬返答に困った。どう弁解すればいいのだろう。

「あれは、成り行きだ。近所だろう？　俺がケーキを買いに行った際、少し話をして少しだけ、親しくなったっていうかな。バッタリ会ったそれだけだ」

『少し』という言葉を強調して、頑なに否定した。誤解されては困る。しかし彼は「ふーん」と鼻を鳴らしながら、ニヤリと不気味な笑みを浮かべる。

「本当にそれだけか？」

「勿論。駅前でバッタリ会って、買い物に付き合ってくれって言われて付き合っただけだ」

お茶を飲んだ事は黙っていた。誤解が上乗せされては困るからだ。

「ふーん。まぁ、どっちにしろさ、あんな美人と歩けて羨ましいな。なんて思ったよ。ケーキ買っただけで親しくなれるんなら、俺も買いに行ってみようかな」

僕は言い返す言葉が見つからず、黙り込んだ。脳裏で別の話題を探さねばとあれやこれやと、思考した。

「君は、実家に帰って、どこかへ遊びに行くの？」

当たり障りのない話題を思いつき、尋ねてみる。

「俺？　俺は兄貴と石和《いさわ》温泉に一泊」

「へぇ、いいね」

石和温泉は山梨にある。ここからそんなに遠くない。といっても僕の故郷も温泉だらけだけれど。僕も冬は地元の温泉に入りに行ったなぁなんて、思考を巡らせていたのに、だ。

「ねぇ、その美人店主さ」

峰岸君は話を元に戻そうとする。少しウンザリした。それにしてもなぜ、峰岸君は歩花さんの顔を知っているのだろう？

「何故君はあの人を知ってる？」

逆に問い返してやった。彼の口からチーズケーキ屋に行ったという話を聞いた事がなかったからだ。

「この前、君んちのマンションの前を通りかかった時、接客してたのが見えたから。割と人気のチーズケーキ屋になりつつあるってさ、噂で聞いた」

それなら納得。

「ところでさ、あの美人店主と」

また続きを期待に満ちた目で促された。僕はため息をついた。

「だから、別に峰岸君が思ってるような関係じゃないから」

「そうか？」

「そうだよ」

否定しても信じてもらえそうもないので、真顔で告げた。第一、歩花さんが僕なんかを相手にする筈がない。それなのに、峰岸君は疑わしい目で僕を見たまま。

「あんな美人が、俺なんか相手にすると思うか？」

第一、歩花さんは年上なのに。その一方で、昨日少し甘えた目線を向けられたり、少し腕を密着してきたりした事を思い出し、顔が紅潮しそうになる。

そう。絶対あの人に相応しい男性は、他にいる筈。恋人の有無は聞いていないが、いてもおかしくはない。

困惑していた。彼女のようなそぶりを見せたので、峰岸君が誤解するのも頷けた。そして正直僕の心を揺さぶられたのも事実。

「それはそうか。そうだな」

やっと峰岸君は、納得した。すんなり納得してくれた事への安堵と、その一方で、虚しさを感じたが。

帰宅時。

峰岸君は逆方向なのに、僕の後をついて来た。

「何で君がついてくるんだい……」

「俺もケーキ買ってみようと思って」

早速そう来たか。まぁ彼がどうしようと僕がとやかく言う事ではないけれど。美人店主と少し近づきたいと思う位の下心だろう。

店の前に到着した時、またチーズと砂糖の甘い香りが鼻をくすぐる。

「お、良い匂いだな。これがチーズケーキの匂いか」

峰岸君は嬉しそうに肩を揺する。

店内に入るとまたショーケースの中に、白いケーキが輝きながら僕らを待っているように、綺麗に整列されていた。レジの所に、小さなスタンドが立てられていて、メッセージが白い紙に書かれていた。

『パンケーキの予約は終了しました』

(早っ)

その文字を見て目を瞬かせた。

なんて事だろう。こんなに早くパンケーキの予約が埋まるなんて。僕は予約しておいて良かったと思った。そんな時、奥から歩花さんがゆっくり出て来た。

今日は、初めの頃のように眉毛をつり上げ、眉間にしっかり皺を刻んでいる。そして睨みつけるように、僕と峰岸君を見る。多分、怒っている。

(あぁ、なんてこった……)

今日はスマイルがない。昨日までの態度と一変していた。何か機嫌を損ねるような事があったのだろうか。それにしても、態度がコロコロ変わる人だ。

そんな彼女に僕は一言告げる。

「スマイルですよ」

するとハッとした彼女は、急に笑顔になった。

「いらっしゃいませ」

営業用とはいえ、一応笑顔を浮かべてくれた。

そんな僕らのやりとりを、峰岸君は交互に見る。

「あの、パンケーキもやってるんっすか？」

体育会系の口調で、レジ前のメッセージカードを読んだ峰岸君は、彼女に問う。

少しの沈黙の後、歩花さんは淡々と答えた。

「予約制なんです。予約は全部埋まりまして申し訳ありません」

「お、俺も食べてみたいっす」

すがるような目線を歩花さんに向ける峰岸君。男としてのプライドを忘れているようだ。

「ごめんなさいね。もしよかったら来月、ネットから予約して下さい」

またぎこちない営業スマイルで、歩花さんは応じる。大分、接客業にも慣れてきたか。

「は、はい」

峰岸君は奥手で僕同様、友達はほぼいないのに美人には弱い。鼻の下を伸ばしているのが分かった。しばし、見とれる峰岸君に歩花さんは告げた。

「ケーキは何個、お買い求めですか？」

問われた峰岸君はハッとした。

「みっつ！　三つくらさい」

舌が回っていない。まるで子供の初めてのお使いのようだ。少し微笑した歩花さんは「かしこまりました」と透き通った声で、ショーケースの中から、白いチーズケーキをトングでトレイに乗せた。

僕もついでにケーキを購入した。歩花さんはいつもと変わらぬ接客態度だった。昨日、親し気にして来た事なんでまるで無かったのように。

少しその態度が悲しくて、外へ出ると冷たい風と共に胸に浸みこんだ。

「悪いけど、愛想がない人だな」

峰岸君はケーキ屋を振り返りながら、小さいけれどその瀟洒な外観を見つめる。流石に峰岸君もそう感じたか。しかし、デレデレしていたが。

「まぁね」

「あの人に、恋人がいたなんて信じられん」

納得がいかないようで、彼は首を傾げた。別にいたっておかしくはないだろう、と思ったが、黙っていた。少しその恋人の話が聞いてみたい。僕は早速、彼を家に上げた。

「へぇ。ここが君んちか。割と綺麗にしてるんだね」

家の中をグルリと見回しながら彼は言う。峰岸君はジャンパーを脱ぎながら、小さな座卓の前に座った。

「まぁね。珈琲でいいかい？」

そう言って食器棚から、珈琲カップを僕は取り出した。

インスタントではあるが、僕は手早く珈琲を淹れた。毎朝淹れているので、慣れてしまった。

「それよりさ、早くケーキ食おう」と彼は言うので僕は、皿を二枚、フォークを二つ食器棚から出し、テーブルの上に置いた。峰岸君は早速自分が買ったケーキの箱をあけ、皿に盛りつけてくれた。

先程購入したケーキを、皿に乗せる峰岸君。特別、チーズケーキが食べたかった訳ではなかったのだろう。『美人店主』が見たかっただけだ。峰岸君は、自分が買ったケーキを皿に乗せると、僕の前に置いた後、自分の前にも置いた。あと一つは持って帰るらしい。

「え？　いいのか？　奢ってもらっちゃって」

「いいんだ、別に。ケーキ目あてじゃなかったしさ」

ニヤリと彼は口角を上げたので、僕の予想は当たった。僕が買った分は、あとで食べよう。

「なぁ、聞かせてくれよ。その……あの人の恋の話」

珈琲カップに口をつけた峰岸君に早速尋ねる。彼は落としていた視線を上げて

「へ？」と目を瞬かせた。

「君が惚れたんだろ。あの人に」

「いや、そういう訳じゃないけど。色々謎な人だからなぁ。興味がある」

上手い具合に自分では誤魔化したつもりだ。というか、こんな部屋でケーキを食べながら、恋バナで盛りあがるなんてまるで、女の子がする事だなぁと、自嘲的な笑みが自然に浮かぶ。

「大家の娘が言う話によるとさ」

彼は突然真剣な顔になった。僕は頷きながら話に耳を傾ける。

「ほら、この前恋人がいたかもしれないって話しただろう？　高校時代」

「あぁ」

平穏を装いながら、心臓が跳ねていた。思わず顔が引きつりそうになるのを、我慢する。

「やっぱりガチらしい」

「そうか……」

あの人の過去に何があろうと、僕が知った事じゃない。それに過去に恋人位いたっていいじゃないか。それなのに、胸が少しチクチクする意味が分からない。

峰岸君の話によると、彼の大家の娘は歩花さんと同じ高校に通っていた。最近新しく聞いた話では、歩花さんの父親は娘が交際する事に大きく反対したらしい。

けれども二人は周囲に内緒で付き合い始めた。まるで、ロミオとジュリエットだ。

その後、歩花さんと彼は大喧嘩して別れた。という経緯。若い十代には、よくある話だ。歩花さんの家は最近、両親だけ、さいたま市に引っ越したという事だった。

さいたま市に引っ越したくない歩花さんは、一人であのマンションに住む事になった。

「それだけ、か？」

「それだけだ」

峰岸君は最後のケーキを口に入れる。思い切り頷く。聞いて良かったような、悪かったような。特に聞いたからと言って得した気もしない。

どこにでもあるような恋の話だと、僕は十代によくありがちな一環と受け止めた。僕も最近彼女と別れたばかり。これから出会いと別れを繰り返しながら、いつか結婚する人に巡り合うのだろうか。

3

金曜日、三限全部休講になってしまった。僕は仕方なく部屋でゴロゴロし、暖かさを堪能した。日に日に寒さは増して行く。そんな平日に部屋の中でゴロゴロ出来るのは、贅沢だった。

昼になり空腹に耐えられず、外へ出た。今日の晩は久しぶりに『さくら』にでも行こうかなと、過る。空は寒さの中でも、快晴だった。弱々しい太陽の光ではあるが、晴れていると嬉しい。

その日は、牛丼屋で牛丼を素早く食べただけの昼食。男の一人暮らしなんてこんなものだ。嫌いではないのに、最近自炊をしていない。牛丼屋を出て、歩みを赤羽駅の西口へ向けた。

商業施設の前は、相変わらずクリスマス一色。

平日だけど、人通りも多い。

そんな中、ポンと誰かに肩を叩かれ、思わず肩と心臓が跳ねた。恐る恐る振り返ると、眉毛をつり上げている歩花さんが立っていた。

思い切り怒っているのが分かるが、何故怒っているかが分からない。

「な、昨日から何で怒ってるんですか？」

昨日店頭で見た時も感じたが、彼女はやはり、とても怒っていた。でも何故そこまで怒るのか僕には理解出来ない。

「どうして、パンケーキの予約をしたの？」

怒っている理由はそれか。彼女は思い切り口を尖らせながら、上目遣いで僕を見る。怒ってもやっぱり綺麗な人だった。こんな時でも見とれてしまう自分を情けなく感じた。

「食べたいからですよ、貴女の作ったパンケーキ」

僕の言葉を聞いた彼女はキュッと唇を結び、黙ってしまった。「ふーん」と鼻を鳴らしただけ。それ以上は何も追及しなかった。

「仕方ないわ。予約しちゃったんだしね」

彼女はフッと微笑み眉尻を下げた。本当にコロコロ表情が変わる人だ。

「最近はちゃんとお店、営業されてるんですね」

最初始めたばかりの頃は休みばかりだったけれど、最近は真面目に店を開いていたから感心した。定休日以外は。

「商売だし、仕方ないわ。それじゃぁ」

そっけない言葉で歩花さんは踵を返し、目の前の商業施設へ去って行った。

何となく置いてきぼりにされた気がした。親し気に接して来た、一昨日とはまた態度が違う。コロコロ変わる彼女の態度に苛立ちと戸惑いを感じた。

別に今日、買い物に付き合ってって言われなかったからじゃない。

それと同時に、峰岸君が言っていた言葉も過る。喧嘩して恋人と別れた。確かにあの性格じゃぁ、男もきついかもしれないな。そこまで考えてハッと我に返る。

(いやいや、俺には関係ない)

自分に言い聞かせ、歩みを住まいのマンションへ向けた。余計な事は考えず、座卓につくと睡魔が襲って来た。どれだけ僕は眠いのだろう。身を任せ、僕は少し眠る事にした。

十七時半。どれだけ眠ったのだろう。睡眠はしっかりとれている筈なのに、どうしてこんなに眠かったのか不思議だった。

すっかり陽は落ち、部屋の中は真っ暗だった。今は一年の中で一番日没が早い事をすっかり忘れていた。

今日は久しぶりに目の前の『さくら』へ行こうと決めていた。金がないと思いながらも結局は最近、外食になってばかりだ。怠け癖がついた。当然外へ出ると、また寒い風が身体を包みこむ。

しかし星はくっきり瞬いていて、綺麗だった。歩花さんは今日は店を数時間だけ、閉めていただけだったらしい。今の時間はちゃんと、オープンしていた。

『白雪の木』には寄らず、そのまま『さくら』へ足を向けた。

「いらっしゃいませ」

ご主人は相変わらず威勢の良い声で迎えてくれた。

「お、兄ちゃんまた来てくれたんだね」

「えぇ」

僕は目の前の空いているカウンター席に、スッと腰かけた。既に二名の来客があった。奥さんがおしぼりを渡してくれた。

「ええと、焼きおにぎりと、焼き鳥と、枝豆。それに、中生」

「はいよ!」

千谷さんは相変わらず江戸っ子口調。その江戸っ子口調を聞いていると、和むから不思議だ。それに元気が出る。

まず運ばれて来たのは、焼きおにぎり。そして中生。ビールで喉を潤してから、焼きおにぎりを頬張る。ここの焼きおにぎりは、しょうゆ味で好みだ。

端に腰かけていた客二名は、四十代半ばは過ぎているらしき男性だったが、チーズケーキをそれぞれ頼んでいた。

「ここでチーズケーキ提供するようになってからねぇ、そこのチーズケーキも売れるようになったみたいだよ」

千谷さんは陽気に教えてくれた。こちらの店でも儲かって、歩花さんの店も儲かる。一石二鳥だ。

「それは、良かったですねぇ」

僕は中生をグイッと飲む。それぞれ商売が順調にいっているのなら、良い事だ。

「まだ若いお嬢さんなのにねぇ」

奥さんが千谷さんの傍らで言う。確かに、僕より一つ年上。若い。

「偉いね」と、付けくわえる奥さん。そうですね。と同調するしかなかった。

あまり歩花さんの話をしたくなかったのは、事実だ。だから彼女の話題が出た時、僕は貝になり、だんまりを通した。

二杯目のビールを促した時だった。

「でもこの前、男の人と歩いてたらしいね」

奥さんの言葉に、早速もらったビールを吹き出してしまった。それは僕の事だろう。だから、僕はまただんまりを通す。

「そうそう。背が百八十位で」

「割とイケメンのね。年は、二十四、五って感じかな。お似合いだったねぇ」

千谷さん夫婦の台詞を聞き、僕ではない事を理解した。確かに恋人位いるよなぁ。何故なのか分からないが、寂しい気持ちになる。深入りしてはいけない人だ。一定の距離をとる事を決めた。

4

目的の月曜日。

僕は『白雪の木』にいた。実はあれからここの店には足を向けなかった。一定の距離をとると決めたからだ。僕はそんなに強くない。行き詰まってしまうのは、分かりきっている。

けれどもシュトーレン風パンケーキを予約していたから、今日はここへ来た。それと、クリスマスチーズケーキを予約していた事を忘れてはいけない。

心地の良いカウベルの音が鳴り響いた店内は、相変わらず砂糖とバターの香り。イートインスペースのテーブルには、ご予約席のプレート。

二名様のみの予約。僕の他に誰か予約した人がいるのだろう。女性だろうか。どんな人なのだろう。そんな事を考えていると、歩花さんが美しい笑みを浮かべて僕の前に水を置く。

「いらっしゃいませ」

グラスの水もカランと小さな音を奏でて、水までも歓迎してくれているような気がした。

彼女の営業スマイルも板についた。

「お飲み物をお選び下さい」

「あ、珈琲で」

「かしこまりました」

歩花さんはまるで訓練されたような礼をする。今のやりとりはまさに、客と店員らしい会話だった。二人共、無駄な口はきかなかった。

少し雑談したい気もあったから、不思議だ。距離を置こうと決めた以上は、話をしても仕方がない。手持ち無沙汰になって、僕はスマホを手に取りネットでも見て気を紛らわせようとした。

カウベルの音が響く。

視線を少しドアの方へ向けた。

「げっ」

小さいながらもついつい、声が出てしまった。梨乃ちゃんだ。よりによって何故……。

「いらっしゃいませ」

しかし歩花さんは営業スマイルで席へ案内する。何故歩花さんは今日、梨乃ちゃんも来ると教えてくれなかったんだと不快に感じたが、考えてみれば歩花さんは梨乃ちゃんの名前を知らない。

少し反省しつつ、僕は黙ってテーブルに視線を向けた。ついていない。よりによって別れた彼女と、予約日が同じだなんて。一番会いたくない人だった。

しかし、別れた彼女は特に気にする様子もない。けれど視線が泳いでいた。

歩花さんはトレイに、オレンジジュースと珈琲を乗せて、それぞれのテーブルに置く。

「ねぇ、君さ、彼女と話してあげたら？」

歩花さんは僕の耳の側で囁く。

「は？」

思わず僕は言葉を失った。チラリと隣の席を見る。大人しく俯いている元カノ。別に話す事もないし、何を話せばいいというのか。歩花さんは表のプレートを『close』にしに行った。

呆れとため息。思い切り眉間に皺が寄っているだろうと自分でも実感する。歩花さんは何食わぬ顔で、キッチンへ戻る。

「あの時はゴメンね」

梨乃ちゃんの方が沈黙を破った。その謝罪が僕には不快に感じた。

「もう、終わった事だ。もういいよ」

僕はため息をついた。こんな時にパンケーキなんて食べたくない。パンケーキとは本来、買い物ついでにお茶をしたり、気分が弾んでいる時や元気になりたい時に、食べるものだと思っている。

　こんな重々しい空気の中で食べるのは、如何なものだろうか。帰る事を視野に入れ始めた僕の前に、歩花さんはそっとパンケーキを置いた。

　レーズンがパンケーキから顔を出していた。パンケーキの上には粉雪のように、粉砂糖がふりかかっている。そして端に柔らかな真っ白なホイップ。冬らしいトッピングで、可愛らしい。

「さ、食べて。一緒に食べてあげて」

　まるで梨乃ちゃんの肩をもつような言い方。

　僕はついつい苛立った声を発してしまった。しかし、歩花さんは、いいから、と短く言い、奥へ身を引っ込める。

「あの、一体何を考えて」

　そんな時、梨乃ちゃんはパンケーキを切りながら「やり直せない？」と僕に尋ねて来た。

　また、じわりと不快感が心中に広がる。一体何を考えているのか。僕はパンケーキを切り、口へ運ぶと「何を今更」と告げた。

　女の子の気持ちは理解不能だ。男の僕には。そっちから別れたいって言った癖に。

「女の子はよくあるのよ。別れを切り出して後悔する事」

奥から歩花さんがまた出て来て、飲み干してしまった僕のカップに珈琲を注いだ。

「本当は、私の予約は来週だったの。でも店長さんが特別に今日に変更してくれたの。大翔君の予約が今日だとメールで教えてくれて」

普段はつっけんどんな歩花さんだけど、梨乃ちゃんの復縁成就に協力したかったのだと言う。軽いめまいを覚える。僕はもう心に整理がほぼ、ついていた。やり直す気などない。

離れてみて分かったのは、彼女が結構我儘な所もあり自分も我慢してきた事。それから解放されて、失礼ながらスッキリした部分もある。

「今日、もう一名予約してくれた方は、二時間前に来店して下さったから、残りは黒瀬君だけだったの」

歩花さんの言葉に僕は短く嘆息した。場合によっては歩花さんは優しい。でもこれは僕にとっては迷惑だった。

「ごめん。いや、もう付き合えない」

内心の苦々しさをやっと口にした。少し重苦しい沈黙が降りて来た。歩花さんの視線も、梨乃ちゃんの視線も僕の方へ集中する。

「暫くは、恋とかそういうのから距離を置きたいんだ」

言い訳に過ぎない。そう言いつつ自分はまた、恋をするのかもしれない。でもいつ恋をするのかなんて、自分にだってまだ分からない。でもそれは梨乃ちゃんじゃない。

そんな中、パンケーキを切って口の中へ運ぶ。口元でバターと不思議な匂いが鼻にぬけた。これは多分、ラム酒だろうか。ラムレーズンアイスと同じ香り。

歩花さんの作るパンケーキはいつも、優しくて濃厚で、そして香りを嗅いだだけで、甘そうな匂いがする。今回はこのラム酒のせいだろう。

口の中に柔らかな味とラムレーズンの芳醇な味。程よいラム酒がふんわりとゆっくり広がる。付け添えのホイップとまたよく合う。

本当にシュトーレンを彷彿させるようなパンケーキだった。パンケーキを切って覗いてみると、オレンジピールやら他のドライフルーツなども入っている。

歩花さんはセンスが良いと改めて実感した。

こんな気分じゃなければ、このパンケーキはもっとおいしく感じただろう。こんな重々しい雰囲気でパンケーキを食べるなんて、予約した事を少し後悔した。

せっかく歩花さんが作るパンケーキは、おいしいのに。

「そうだよね、ごめん」

全てが終わったかのような台詞。振られたのはこっちなのに、立場が逆転してしまった。

苛立ちと申し訳なさが、胸の内に広がる。

そんな中もう、食べきれずフォークとナイフを置いた。残すのは勿体ないと思ったが、一枚残してしまった。とてもじゃないが食べる気になれなかった。

「私、シュトーレン風パンケーキ一緒に食べたら、大翔君とまたやり直せると思ってた」

「へ？」

いきなり何を言い出すのか。虚を突かれ、僕は首を傾げた。全く意味が分からない。女の子そのものが、不思議な生き物にさえ思えてくる。梨乃ちゃんだけじゃない。コロコロ気分が変わる歩花さんも。

女というのはこんなに、気分屋なのだろうか。

そんな時歩花さんが見ていて、鬱屈を吐き出すようなため息を落とした。

「そっか」

優しく彼女は梨乃ちゃんに声をかける。そしてじんわり涙が滲む梨乃ちゃんの背中をさする。

「シュトーレンはドイツの焼き菓子。知ってるわよね？」

「はい……。知ってます。ドイツではクリスマスのひと月前から少しずつスライスして、クリスマスまでに食べ終えるって」

僕は薄く涙が滲んでいる梨乃ちゃんに、視線を移す。少し不快な気持ちになる。別れたいと言ったのは、そっちだろうと声を荒らげたいのを、必死で我慢しながら、シュトーレンの話題に耳を傾け、気を逸らす。

僕だってシュトーレンの食べ方位は知っていた。生地の中にドライフルーツをたっぷり練り込んで焼き上げたその菓子の上に、真っ白な粉砂糖をまぶす。

その形は、まだ赤子のイエス・キリストを産着で包んでいる姿を、彷彿させているものだと言われている。

梨乃ちゃんはどうにかこうにか、形だけの笑顔を取り繕った。

「それにシュトーレンは、好きな人と食べたら両想いになれるって伝説のおまじないもあるし。店長さんが大翔君がこの日来るから、一緒に食べる？　って言ってくれたのも嬉しくて」

僕はそんな話は初めて聞いた。お菓子とは奥が深いものだと感心する。

そんな中で、歩花さんはクスッと可愛らしく微笑み、レジの下からあるものを取り出した。

少し背が高くてそれでいて、太くて少し丸いような。上手く表現は出来ないが、大きなマフィンのようだ。

「あ、パネトーネ！」

梨乃ちゃんは、発した。

「実はね、好きな人と一緒に食べたら両想いになれるのは、シュトーレンじゃなく、パネトーネよ」

「え？」

梨乃ちゃんの目が驚愕で丸くなる。

僕はパネトーネというのを初めて見た。マフィンかと思ったら違った。よく見るとパンだった。

「これを貴女にあげようと思って」

歩花さんは、梨乃ちゃんに託す。けれど梨乃ちゃんはかぶりを振った。

「いえ、もう振られちゃいましたし……」

元気のない声が僕の心を突く。何となく当てつけがましい。僕はムッとしつつ珈琲に黙って口をつけた。ここに居ても仕方がない。ついに居ても立っても居られなくなった。さっきから帰宅する事を視野に入れていた僕だが、それを実行する事にした。

「お勘定お願いします」

伝票を持ち、レジへ行く。そんな僕を歩花さんは「ちょっと待ってよ」と制した。辛辣な目を僕に向ける歩花さん。怯んでしまい、僕は席に戻った。

「大体予想はついていたけれどね。パンケーキの予約が入った時、貴女、パンケーキのテイクアウトは出来るかって聞いてきたから。もしかしてこの前の、黒瀬君の彼女かと、思ったの。シュトーレンは、恋が成就するお菓子ですよね？　復縁も出来る由来はありますか？　って聞いてきたから。だから黒瀬君と別れた元彼女かとピンと来た。パネトーネと間違えてると思ったの。一応そうですとは、貴女に言ってはおいたけど……。クリスマスにちなんだお菓子よね。どちらも」

パネトーネの由来について、歩花さんは語る。十五世紀のミラノに、トニーという男が経営するパン屋があり、彼には娘がいた。娘の名はアダルジーサといった。ある日、ウゲットという身分の高い男が、アダルジーサに一目惚れしてしまい、恋仲になった。当時、身分が違う者同士の結婚は、難しかったそうだ。

ウゲットは、トニーに身分を隠して弟子入りし、自分の作るパンが領主に認められたら娘さんと、結婚させてほしいと頼んだ。

その男が作ったのが、パネトーネ。教会の丸天井をイメージした、ドライフルーツがたっぷり入った新商品のパン作りに成功した。ウゲットはトニーの名を取り、『トニーのパン（pane di Toni）』と名付けた。そのパンは領主に認められた。トニーは娘とウゲットとの結婚を許した。

ウゲットは身分を捨て、パン職人としてアダルジーサと結婚し、幸せに暮らしたそうだ。

それから、パネトーネはクリスマスに食べると恋が成就すると言われるようになった。

恋する相手と一緒に食べたなら、尚更良いのだそうだ。

「でも、どんなおまじないも、必ず叶うものではないから」

何故か悲しそうに目を伏せる歩花さん。

「時には、諦めなければならない恋もあるから。シュトーレンやパネトーネを食べただけで恋が実るとは言えないし、難しいよね」

寒く悲しそうな目をした歩花さんから、目が離せなくなってしまった。

この人も恋愛の事で、色々苦労があったのだろう。今はどうなのか知らないけれど、千谷さんの話では男の人と歩いていたという話だから。

胸のうちに、もやもやしたものが広がる。

「このパンケーキは確かにシュトーレン風だけど、見方によってはパネトーネとも受け取れるでしょう？」

歩花さんは手にパネトーネを持ちながら問う。

確かに。僕も梨乃ちゃんも言われてみればそうだと、頷いてしまった。納得する一方で押しつけがましいようにも、感じたが。

パネトーネはパンだけど、シュトーレンはそれより少し固い焼き菓子。それだけの違いで、中に入るドライフルーツはほぼ同じようなものだ。

このパンケーキにも、生地に色々なドライフルーツが入っている。確かに捉えようによってはこれは、パネトーネとも受け取れる。

「そうですね。おまじないは時と場合によっては、叶えてくれないって事ですね」

「そうね。『その人』とは縁がなかったって事ね」

（まじないね……）

人間、心が弱っていると非科学的なものに頼りたくなってしまうのは、認めなければならない。僕もよく神社へ行く方だから。

やれやれ。と心の遣り場がなくなってしまい、店内の隅に何気なく視線を遣った。小さくて綺麗なクリスマスツリーが飾られている事に、今になって気がついた。この雰囲気に相応しくないツリーは、赤や緑や青の光が数秒ごとに煌めく。

心を無にしたまま、その光を見つめていた。締めくくりに僕も何か言わなければならない気がした。

「本当にごめん」

僕はスッと立ち上がり、右を向いて頭を下げた。他に言葉は見つからなかった。梨乃ちゃんは目をパチクリとして僕に視線を向けたまま。

「ううん。最後に会えて良かった。さよなら」

二度目のピリオドを梨乃ちゃんは、僕に告げる。立ち上がり、レジで会計をしようとする梨乃ちゃんに、歩花さんはかぶりを振った。

「お代は頂かないわ」

「え？　でも……」

戸惑う梨乃ちゃんに、歩花さんは続けた。

「いいの。パンケーキ焼くのは私の趣味みたいなものだから。私にプレゼントさせて。それで今度は、楽しい気分の時に食べに来てね」

歩花さんは出口まで、梨乃ちゃんを見送った。歩花さんのツンデレぶりには驚いた。僕と態度が違うじゃないか。少しひねくれてしまう。

ムスッとしていると歩花さんが、僕の顔を覗き込んだ。

「何、ムスッとしてるの」

そう言いながら、僕の目の前にある皿を下げる。

「だって、僕に対する態度と全然違うじゃないですか！」

ついつい怒気のこもった声で、口がへの字になりそうになった。鬱屈を吐き出すように、短く息を吐く。

「だってさ、失恋した女の子、放っておけないもの」

カチャカチャと音を立てながら歩花さんは、奥へ身を引っ込める。

（失恋した人には優しいのか）

そう言えば僕が彼女にこの店で振られた時、確かに彼女は優しい振る舞いを見せてくれた事を思い出す。

今は全く立場が逆転してしまったが。

歩花さんはまた店内に出て来て、テーブルを布巾で拭いた。

「君は」

歩花さんはトレイを手に持ちながら、チラリと僕を一瞥する。

「本当にあの子が好きだった？」

歩花さんのその言葉が、少しチクッと僕の心に突き刺さる。

「分かりません」

本当に今となっては分からなかった。歩花さんの顔を見ると少し苦々しい表情をしている。

でも惚れていた時期もあったのは、確かだ。コンビニでバイトした時、楽しかった。

あのときめきは今も、覚えている。淡くてドキドキした少し切ない気持ち。

苦々しい顔をしたまま歩花さんは立っているので、僕は慌てて弁明した。

「あ、でも好きだった時期は本当にありましたよ。でも付き合い始めてから暫く経つと、うーん。なんかな。とか思う事もあったりして……」

正直に述べるしかなかった。おそらくこの後、歩花さんは怒気のこもった声を、発するだろう。

しかし、「そう」と歩花さんは、短く答えただけだった。

「そっか、良かった」

今度は彼女は、安堵の表情を浮かべる。目を細め静かに微笑む彼女は、柔和な可愛らしさ。

「全然、黒瀬君が好きじゃなかったらそれこそ、あの子可哀想だから」

その言葉に僕は複雑な気持ちになり、軽く頬を掻いた。

「まぁ今となってはもう、僕の心の中にはいないわけで……」

マズイ事を言ってしまったような気がして、僕は恐る恐る歩花さんを見た。軽蔑されるだろうか。

「そう。仕方ない事よね」

しかし、小さな声で短くため息を落としただけだった。きっとこの人もそういう思いをした事があるのだろう。同情された事が意外だった。この人は厳しい一方で、優しい一面を持っている。

甘えたがりだったり。かと思うと機嫌が悪かったり。万華鏡のようにコロコロ相変わらず態度を変える歩花さんに、少しドキドキしている自分がいるのも、情けない話だ。

「恋って壊れやすいものだしね」

「そうですね……」

歩花さんの口から意外な台詞を聞き、安堵した自分がいた。

僕は恋愛経験がないようなものだ。高校時代までは女の子と付き合った事はなかったし、交際経験と言えば梨乃ちゃんが初めてだった。

「歩花さんは、過去に色々あったんですか？」

そう問いながら、心拍が加速していくのを感じていた。心中は平静でいられなかった。

この人の事をもう少し知りたかった。

「まぁね」

しかしそれ以上、歩花さんは口にしなかった。言えない過去があるかもしれないし、僕がそれ以上探って良い訳がない。

歩花さんは静かに下を向き、過去を思い出したのか少し微笑んでいた。

「そうでしたか」

この場にいるのが何となく悪い気がした。気がつくと時刻は十八時を過ぎている。

「すみません、会計を」

僕は伝票に再び手を伸ばす。

「あ、ごめんね」

歩花さんは伝票を手に取り、レジを打ち始めた。ピッピと音が静かな店内に響いている。

続きを聞きたいような、聞きたくないような。けれども恐ろしさを隠して、僕は歩花さんに尋ねた。

「今は、好きな人は……」

「いないわ」

きっぱりハッキリ言い放った。かなり強い口調で。

「そ、そうでしたか。何だか変な事聞いてすみませんでした」

僕は軽く一礼し、店を後にした。

いつもより増して、氷に近い空気がコートの上からじんわり浸透して来る。こんな時、僕は故郷の冬よりマシ。と言い聞かせるのだった。

何故か先程のヒヤッとした心中が、じんわり元に戻りつつある。何故なのかは、分からない。そのまま目の前のマンションに歩みを進める。

居酒屋『さくら』からは、楽しそうな笑い声が聞こえた。その楽しそうな笑いが、羨ましい。そんな居酒屋の前を通り、自宅へ戻る。一息つき今度は温かいほうじ茶を淹れた。

茶をすすると、芳醇なほうじ茶の香りが鼻に届いた。

今日は本当に疲れた。ドッと疲れが押し寄せて来た。恋愛はどちらかの気持ちがなくなったら終わりを告げてしまう。

その一方で、歩花さんの言った言葉も脳裏に焼きついていた。女の子は自分から別れを告げて、後悔する事がある、と。

振られてしまった方が案外楽かもしれない。振られた方が、気持ちの整理をある程度、つける事が出来る。諦めもつく。失恋の悲しさが剝がれ落ちたら清々しい気持ちになる。けれども気持ちが曖昧なうちに、振ってしまうと後悔するという事だろう。でも今日は僕の方から元彼女を振った。これで本当に終わったという安堵感を感じていた。

パネトーネというパンにあんな素敵な意味が込められているのは、知らなかった。梨乃ちゃんはシュトーレンと間違えていたけれども、僕と食べたかったと聞くと、複雑な気分になった。

「パネトーネかぁ」

僕はまだそのパンを食べた事がない。どんな味がするのだろう。食べてみたいものだ。パンなのだからパン屋にも売っているのかもしれない。

5

その日は寒さはまだマシだった。太陽は出ているものの、弱々しい。しかし、空の色は透明感がある水色だった。

街行く人はコートやジャンパーに身を包み、早歩きで行く。

冷たい空気が新鮮に輝く中、僕は早速朝からパン屋へ向かった。駅近くのパン屋。

店内は女性客でごった返していた。サンタの形のパンから、星形のリースをイメージしたパンまで並ぶ。ここも甘いバターの香りがした。歩花さんが焼いているパンケーキや、チーズケーキとはまた違った良い香り。

色んなパンが並ぶ中、大きなマフィンのようなものを見つけた。

(あ、これこれ!)

ラムレーズンや、クランベリーがぎっしり詰まったそのパンは、夢のあるパンに見えた。早速それを手に持ち会計を済ませ、混雑した店内を出た。

駅前の雑踏の中を歩き、自宅へ戻る。

少し遅めの朝食。

インスタントコーヒーを淹れる。早速パネトーネを袋から取り出し、ちぎってみた。

柔らかくてちぎりやすかった。ふわっと小麦の匂いが漂う。それとドライフルーツの爽やかな甘い香り。たとえるなら、焼きたてのスポンジケーキ。とまではいかなくても、それに近いものがあるだろうか。

しっとりしているそのパンは、違う食べ物に思えた。

口の中へ入れる。

食感はふんわりしっとり。少し甘いのはドライフルーツが入っているからか。クランベリーやオレンジピール、ラムレーズンなどが口の中でスキップするように、弾ける。ほんのり、すっぱい。このパン生地にとても似合う。

「あぁ、これはおいしい」

感嘆が思わず漏れた。こんなおいしいものを知らなかった自分が恥ずかしい。故郷の飯山も割とおいしいパン屋はあるから、売っていたに違いない。

同じクリスマスの時期に食べるシュトーレンとはまた、違う味だった。

シュトーレンはあれはあれでおいしいけれど、違う味のおいしさを知り、感動した。

いくらでも食べられた。

「クリスマスに食べると恋が成就するパンなのか……」

そんな不思議なまじない的なパンがあるなんて。でも歩花さんが言っていたとおり、願掛けは叶わないことだってある。

歩花さんが、恋を成就したい人は本当はいるのではないか。そんな事を思いながら、パネトーネを見つめた。

彼女は好きな人はいないと言ったが、本当のところは彼女にしか分からない。秘密にしているだけかもしれない。だって千谷さんは、彼女が男の人と歩いているのを見たと言っていたのだから。

恋が叶っても叶わなくても、これがおいしければいい。僕はそう思う。かなりの量だったが、ペロッと半分あっという間に食べられるのが不思議だった。

クリスマスじゃなくても、これ販売すればいいのに。そう思った位、おいしかった。この際、恋が成就するしないなんて、どうでもいい。このパネトーネがおいしければ。

それから一週間後。冬休みに入った。僕の通っている大学の冬休みは、小中学生よりも四日程早かった。

両親から実家に帰って来いと催促が来た。しかし、やはりあの寒さを考えると帰る気になれず、春休みに帰ると実家の母親に伝えると、正月くらいは帰って来いと言われたが、雪一色の豪雪地帯に帰るのは、今の僕には辛かった。

故郷は好きだ。でも、冬に大量の雪がないこの街は、僕にとって何度考えても快適すぎて。冬休みはレポートが多いから春休みに帰ると告げたら、何とか納得してくれた。

去年の冬に帰省して、東京とのギャップに驚いた今の僕には、都会で暮らす方が快適だと感じたのだ。友達もいなかったし、大きな趣味がある訳ではなく、何か派手な事をする訳ではないのに、この街が気に入ったのだから仕方がない。

今日は月曜日。今日もパンケーキを歩花さんが焼くだろう。けれども僕は今日は予約していないので、足を向けない。

十七時過ぎ。

夕飯の買い出しに行こうと外へ出た時だった。居酒屋『さくら』の前を通ると、学生割引プランを始めたと看板が出ていた。学生証を提示すると、お酒は半額、料理は三割引きになるという。

（お、これはいいな！）

居酒屋激戦区の街だから、対抗したのだろう。

貧乏学生の僕には強い味方だ。それより何より、たまに千谷さんがおまけしてくれる事も多く、ついつい足を向けてしまう。外へ出ると冷気がコートの上から身を突いた。寒さでチクチクする位だった。近所で良かったと思う。

店内へ入ると、五十代半ば位かと思われるサラリーマン風の男性三人が、奥の席で酒を堪能していた。

「お！　黒瀬君、らっしゃい。いつものね？」

ご主人の活気のある声は、いつも元気づけてくれる。

「お願いします」

一礼してから席へ着く。そして学生証を提示すると、千谷さんは「はいよ」と威勢の声で言ってくれた。もうここに来たら注文するメニューは決まっていた。焼きおにぎり、枝豆、冷ややっこ、焼き鳥。それに中生だ。

歩花さんの店のチーズケーキは、相変わらずメニューの中にある。それに何故か、安堵を覚えた。

僕が焼きおにぎりにかぶりついた時だった。

「ねぇねぇ、君、知ってる？」

千谷さんの奥さんの方がから揚げを置きながら、噂好きのおばさんのような口調で小声で問いかけて来た。

「はい？」

「隣のケーキ屋さんのお嬢さんの、左手の薬指にね、指輪がはめてあったの」

地面が崩れるような絶望を、じんわり感じる。ついついおにぎりを食べる手も、口も静止してしまった。

「え？」

「ほら、前、男の人と歩いてたって話したでしょ？　あの人にプロポーズされたんじゃないかしらね」

ボソボソと千谷さんの奥さんは、奥に座っている客に聞こえぬように耳打ちした。

まさか。だって好きな人はいないと言っていたが。

「へぇ」

そうか。あれは嘘だったのか。人は誰しも嘘をつく。その人と付き合っている事をただ単に隠したかっただけだろう。

「女将さん、焼き鳥！」

そんな時、おじさん三人組がオーダーを入れた。

「はい！　かしこまりました」

奥さんは威勢の良い返事をし、焼き鳥の準備を始めた。お客さんは少なかったけれど、店内は賑やかだった。そんな賑やかな店内の中で、自分だけ取り残された空間の中にいるように感じた。

注文していたものは、あっという間に平らげた。今日はビールも一杯しか飲んでいない。何となくもう飲む気にはなれなかった。

手早く会計を済ませ、店を出る。学生割引プランのお陰で、かなり安く済んだ。目の前の『白雪の木』が視界に入る。

僕は表の通りに出て、少し店内を覗いた。ドアノブには『close』のプレートがかかっている。時間的にももう閉店の時間だった。ここのケーキ屋は他のケーキ屋より閉店時間が早い。

彼女一人で切り盛りしているのだから、仕方がないのだろう。

ガラスの向こうには、テキパキせわしく動いている歩花さんがいた。ホウキを持ち、掃除している姿が見えた。

彼女の左手の薬指に注目した。確かに赤い石が入った指輪がキラッと見えた。赤だから分かりやすい。ルビーだろうか。だとすると、歩花さんは七月生まれか。

いや、そんな事はどうでもいい。千谷さんが話してくれた事は本当だった事を視界の端に捉え、踵を返そうとした。その瞬間、歩花さんと目が重なった気がしたが、そのまま僕は目の前のマンションに歩みを向けた。

後ろは振り向かなかった。

寒い部屋に一人になると、余計寒さが心にまで浸透した。

(そりゃ、彼氏位いるよな。だから何だ。別にいいじゃないか。うん、俺には関係ないし歩花さんが誰と付き合おうが、知った事じゃないじゃないか。うん、分かってる)

頭の中で自問自答しているうちに、自分の気持ちに今更気づく。いや、薄々前々から気づいていた筈だ。

心拍は加速し、どこか震えていた。今の心情をたとえるなら、音楽のトレモロ。置き場のない自分の気持ちに戸惑った。

彼女の行動に苛立ったり、かわいいと思ったり、ショックを受けたり。これは恋と呼ぶのだろうか。梨乃ちゃんと付き合っていた頃とは、全く別の気持ちだった。

自分の気持ちがハッキリわかった所で、どうする事も出来ない。一つ言えるのは、彼女から距離をとるしかない。何度考えても、考えはそこに辿りつく。それが唯一今の自分に出来る方法と言えた。

とは言ったものの、クリスマスイブが近い。ケーキを予約していた事を思い出す。そのケーキを取りに行ったらもう、店には行かない。そう決めた。

翌日、食材の買い出しに行く為、外に出た。『白雪の木』のドアノブの近くのボードに、可愛らしい文字でメッセージが書かれていた。

『二十五日の月曜日で、シュトーレン風パンケーキは終了となります』

(そうか。確か今月だけの限定メニューだったしな)

食いしん坊の僕はあのパンケーキをまた食べたいなどと思ったが、その思いを振り払い、買い出しへ向かった。

前よりもクリスマスの色が濃くなって来た。サンタの恰好をしたバイトの人がティッシュを配っていたり、クリスマスのチキンやケーキの旗が、あちこちの店でゆらめいていた。

街が華やぎすぎると何故か虚しさを感じる。きっとそんな思いをしている人は僕だけではないだろう。街行く人の中には様々な悩みを抱えた人がいる筈だから。

会社員は年末、どこの会社も忙しい。仕事にプレッシャーがかかるだろうし、失恋した人にはクリスマスという行事は虚しくなるだろう。イエス・キリストの誕生日であって、別に恋人同士で過ごす日ではないと、言い聞かせながら歩いた。いつものように、過ごせばいいと。

やっぱりこれから、バイト位はしようか。短期間でいいから。そんな事も過る。とある喫茶店の前を通った。ホットケーキがディスプレイに飾られていた。

田中先生は元気だろうか。

あの後、老人ホームに入ったのだろう。僕が会いに行くのは変だよなぁと思いつつ、その前を通り過ぎる。

食材の買い物を終え、自宅へ戻った。この時期なのに歩花さんの店は休みだった。もうすぐクリスマスが近く、ケーキは売れ時なのに、マイペースな人である事も思い出す。今度はオレンジの甘い匂いが鼻に入る。ママレードジャムだろうか。誰かがママレードジャムを作っているのだろうか。甘い香りに誘われそうになる。

そのままマンションへ帰った。しかしその一方でそわそわして、居ても立っても居られず、すぐに窓を開いた。オレンジの香りが濃厚になった。

柑橘系の爽やかさと、甘酸っぱさが交錯した香り。どこか懐かしい香りだった。これを作っているのはきっと、歩花さんなのだろう。

僕はある事を決していた。今度クリスマスケーキを取りに行ったら、歩花さんに「おめでとう」を言い、もう店に通うのはやめよう、と。

クリスマスイブ当日。

カーテンの隙間から部屋に差し込んだ稀薄な光は、澄んでいるけれど弱々しかった。朝から寒い。布団から出たくない。

それでもゆっくり身を起こす。カーテンをあけると、グレーの雲が空に広がる。雲の隙間から時折見せるその澄んだ弱い光が、僕の部屋に入って来ていたようだった。

『白雪の木』という名前は、クリスマスのこの時期に相応しい。いつもとは違う、大きめのクリスマスツリーが、店頭に飾ってあった。隣の店舗、居酒屋『さくら』も今日はクリスマスツリーを置いていた。二つのツリーが合わさり、赤や緑、黄色で華やかになった。

これが明後日になると、正月モードになるんだろうな。そんな事を思いながらふと思い出す。あれから、歩花さんには会っていない。もう何日も。

僕の知らない間に色々ありそうだった。左手の薬指の指輪を見て実感した。けれども、恋人がいない女性でも、左手の薬指に指輪をする事だってある。

それは本人の好き好きだ。

でも、あの赤い石はルビーだろう。宝石の指輪を左手の薬指にはめるのだから、やはり婚約指輪なのだろう。

そう思うとやはり失望を覚えた。何もする気がしなくなるが、ささくれ立つ心を誤魔化すように、とりあえず早めのうちに、年が明けたら提出するレポートを書く事にした。

一年生の頃は、大学生になってまで宿題がある事に驚いた。高校までの宿題よりは、楽だったけれどレポートはザッと四十枚。これを多いと取るか、少ないと取るかは、人によるだろう。

多分書きあげるまでに三〜四日はかかるだろう。これはまた図書館に資料を探しに行かないと。

レポートで時間を潰しているうちに、受け取り時間は迫って来た。

少し早いが店へ足を向けた。店内ではケーキを予約していた女性がケーキを受け取り、帰って行く。女性の年齢は様々で、主婦から若いOL風の女性まで色々だった。短い行列が出来ていた。受け取りがスムーズに行くように、料金は前払い制にしたようだった。

僕の番が来た。僕の後ろには、誰もいなかった。

「はい、これ。ありがとうございます」

早期特典として星の形のクッキーが三枚、ツリーの絵が描かれた小さな袋に入っていた。

陰りのない笑顔と白い手で、ケーキの箱が入ったビニール袋を僕に差し出す。

左手にはルビーの指輪。

「あのご婚約なさったんですかね」

その指輪を眺めつつ、発した。「え?」と歩花さんは問い返してくる。

「ほら、薬指の指輪」

「あ……」

彼女は短く嘆息してから、何故か困った顔をして、指輪に触る。

「おめでとうございます」

奥からやっと声を振り絞った。

「婚約……。うん。だけど彼の事は好きじゃない」

真剣な強面で、どす黒い声を出した。今までにない彼女を見て、僕は驚きを覚えた。

「好きじゃないって……」

6

しばしの沈黙が降りた。親が決めた結婚だと、歩花さんの口から聞いた。

「親が決めた結婚……。断れないんですか？」

そんな大正時代や昭和の時代じゃあるまいし。昭和の時代だって後半は結婚は自由だった筈だ。

どんな悲劇だよ、と思う。

歩花さんは反論する事なく下を向いた。

「好きでもない人と結婚する事なんてないと思いますよ。嫌なら断ればいいだけです」

かなりの強めの言葉で言ってしまった。歩花さんは今までにない落ち込んだ顔を見せた。目を伏せ、悲しそうに眉も瞳も垂れ下がっている。

「そうだけど……。私も責任感じちゃったりして」

「どういう事なんです？」

「ごめんなさい。話せません！」

きっぱり彼女はかぶりを振った。大きな事情がありそうで、僕もそれ以上問い詰める訳には行かず、ケーキを受け取って店を後にした。

外へ出て僕は踵を返し、店内へ戻った。歩花さんは今にも泣きだしそうな顔をしていた。

僕の顔を見るなり、無理していつもの表情を作ろうとしている。

「歩花さん。困った事があったらいつでも僕に言って下さい」

言いながら自分で、心臓が跳ねていた。自然と息が切れる。こんな思いをしたのは初めてだった。もう店に行かないという決心は、吹っ飛んでいた。

ただ、何があったのかは今は聞かない。聞けない。歩花さんは言えないというより、言いたくないかもしれない。それなら無理して問いただす訳にもいかないから。

するとら歩花さんは、ホッと胸を撫でおろしたような顔をした。細く優しい微笑みを浮かべ「ありがとう」と弱々しい声で言う。

「それじゃぁ、おやすみなさい」

僕がそう言った所で、カウベルの音が響いた。サラリーマン風の背広姿の男性が予約したケーキを取りに来たので、僕はそのタイミングで外へ出た。

外へ出ると、肌をさすような冷気に包まれたが、興奮していたので体が熱くその冷たさが逆に心地良かった。

ぶどう色の空に浮かぶ星は、真珠のように輝き始めていた。こんな都会で、満天に近い星が見えるとは。

今日はそれぞれどんな夜を、過ごすのだろう。サンタが訪れるのを待ち構えている子供達や、恋人同士で楽しく過ごすカップルもいれば、僕のように一人で過ごす者もいる。

歩花さんを助け出す事は出来るだろうか。ああ言ったものの今になって、プレッシャーを感じた。これでは男らしくない。

困った時は頼ってくれたらいい。歩花さんの幸せが第一だ。昔じゃあるまいし、歩花さんが縁談を受けたのはそれなりの理由がある筈だ。

大学へ行くのを拒み、製菓学校に行くのを選んだ位の彼女だ。それ位の反発、彼女になら出来る筈なのに。

きっとその理由は、そのうち知る事が出来るだろう。僕は星空から住まいのマンションに視線を転じ、家の中へ入った。

僕は無力だ。何より、僕自身が苦しむ事になるかもしれない。けれども、僕に出来る事なら、協力してあげたい。力になりたいと思った。そんな時に食べたチーズケーキは、いつもと違い、チーズの味より甘さが際立ち、何故か心と舌に広がった。

夕飯を何か作ろうと思い、カルボナーラを作った。

ちょうど、カルボナーラが出来た時、峰岸君から電話があった。

「あれ？　君、実家に帰ったんじゃなかったのかい？」

『いやいや、君が寂しい夜を過ごしているんじゃないかと思ってねぇ。というか、忘れもんしちゃってさ、一旦、赤羽に帰ってきたんだ。チキンを買ったんだけどさ、一緒に食わないか』

特に断る理由もなく、それなら今から来ればいいよ、と、僕は促した。ちょっと嬉しい。

すぐに峰岸君はやってきた。ケンタッキーのチキンとポテトとサラダを持参して。やけに気前がいい。

多分、クリスマスを一人で過ごしたくなかったのは、僕だけではない。彼も同じの筈だ。僕は冷蔵庫の中から、ビールを取り出した。男同士でどんちゃん騒ぎ。どうでもいい話をした。歩花さんの事は、一切口にしなかった。

「このカルボナーラ旨いじゃん。君、料理上手いんだね」

峰岸君はパスタをすすり、僕の料理を褒めてくれた。

どうでもいい下らない話題が、逆に心を和ませてくれた。気晴らしになり元気になったのは確かだ。

僕は峰岸君に、チーズケーキを出した。

「あれっ、チーズケーキ買ったの？　そこの店のだろ？　これクリスマス用じゃん」

彼はチーズケーキを見るなり、ケーキに乗っている柊《ひいらぎ》の葉を突きながら、目をぱちくりと瞬かせた。

「あぁ」

「何だい、何だかんだ言って、仲いいんじゃねぇか」

意味ありげに、にやりと峰岸君は、口元に笑みを浮かべる。僕はそれをスルーして、インスタントのコーヒーを淹れてやった。

「仲いいの？」

それについて、何かと峰岸君は探りを入れるように、尋ねて来る。

「いや、近所のよしみで、買っただけだよ」

「ふーん？」

彼はまだ疑わし気な眼差しを僕に向けながら、チーズケーキをフォークで切り、口の中へ入れる。

「ま、クリスマスといえばケーキだよな」

急に彼は話題を変えた。少し心に安堵を覚えた。歩花さんの事を突っ込まれるのは、嫌だったから。また僕は、当たり障りのない話題を脳裏で探り、その話題を思いついた。

「そうだ。君はレポート書いた？」

「あぁ、そんなもん、あるの忘れてたなぁ。嫌な事思い出させるなよ」

峰岸君は、うんざりしたため息を落としつつ、また続きのチーズケーキを頬張る。かなりおいしい、この白いチーズケーキを口にし「うまいうまい」と気を取り直してくれた。

結局彼は〇時過ぎまで、うちに居てくれた。心が冷え切らずに済んで助かった。峰岸君に感謝だ。

愛のクレープシュゼット

1

クリスマスの翌日の二十六日。峰岸君は実家に帰省した。実家での生活を楽しんでいるそうだ。嬉々とした気持ちたっぷりのメールが届いた時は、羨ましく思った。新学期、土産を持って来てくれるらしい。楽しみだ。

早速街の中は正月モード一色になった。街の中を流れる音楽も、クリスマスソングから正月の音楽に変わった。赤羽駅の周辺を歩いていてもあちこちの商業施設から、和風の調べが耳に入った。

前日まではクリスマスツリーで華やかに飾られていた駅前や街の中も、今は門松が立てられ、年末セールの知らせの旗が、あちこちに吊るされていた。

師走の終わりの色が濃くなった街の中を、僕は急ぎ足で歩く。向かった先は、ある喫茶店だった。

そこは昭和五十年代から営業している喫茶店で、年季が入っている。でも店内は清潔で、料理もおいしい。この前、ナポリタンを食べた時、感動を覚えた。そういった店がこの街には多い。田中先生の事を話したら、そこの喫茶店のマスターが特別にホットケーキをテイクアウトで用意してくれると言うのだ。

茶色いドアに少し汚れた白い外壁。割と大きめのウィンドウからは、この街並みが見える。錆びたドアノブを引くと、入店の合図のカウベルが鳴る。

「黒瀬君、いらっしゃい」

フレームが薄い茶色の眼鏡をかけた白髪交じりのマスターが、微笑みを向ける。僕の父よりも年上だ。おそらくは。

この喫茶店の二代目の経営者兼マスターらしい。

「ホットケーキ取りにきました」

僕は財布を取り出す。

「あぁ、待ってたよ」

一度この店を訪れただけで、こんなによくしてくれるなんて。ここの店も安くておいしいから、またナポリタンを食べに来よう。ここのナポリタンには、目玉焼きが乗っている。まさしく昭和のパスタだ。

「ありがとうございます」

プラスチックの使い捨て容器に入れたホットケーキを、ビニール袋に入れてくれたものをレジ横に置き、マスターはレジを打つ。

「田中先生はよくここの店に来てくれたからねぇ。まさか老人ホームに入っちゃうなんて俺も寂しいよ。俺の息子の恩師だったんだ」

そう語るマスターはとても寂しそうだった。心から田中先生を慕っている感じがする。

「そうなんですか！」

それはまた世間は狭い。マスターの息子さんの恩師だなんて。

田中先生は教え子やその保護者にまで好かれているとは、よっぽどいい教師だったのだろう。僕はそんないい教師に今まで当たった事がなかった。

僕も田中先生とは、一度会っただけなのに親しさを感じてしまうのは何故だろう。僕は関係ないのにホットケーキを田中先生に届けたくなったのだ。

「俺の気持ち、託したよ。先生に宜しく！」

そう言って会計を済ませた僕に、マスターはビニール袋を差し出す。ビニール袋からは、優しそうな甘い匂いが漂う。歩花さんが焼くパンケーキとはまた、違う香りだった。ごくごく普通のホットケーキの筈なのに、こんな素敵な香りがするのは何故だろう。

「分かりました」

僕は潔い返事をすると、赤羽駅に足を向けた。そして四番線ホームに向かう。到着したばかりの高崎線に思わず飛び乗った。向かった先は、さいたま新都心駅だ。

高崎線でここから二駅。十三分程で到着する。

さいたま新都心まで足を向けたのは一年ぶり位だろうか。西口側には大きなビルが幾つかあり、スーパーアリーナがある。東口には大型商業施設の、コクーンシティを有する。

コクーンシティへは梨乃ちゃんと去年来た事があり、映画を見た事を覚えている。

僕が降りたのは東口側だ。ここからバスに乗る。バスで目的の老人ホームへ向かった。さいたま新都心の駅周辺は栄えているが、バスを走らせると住宅が広がる街に変わった。その住宅街の中に、老人ホームはあった。停留所で下車し、歩みを向けた。ベージュ色の外壁に大きなウィンドウは、どこか美術館を思わせるようなリッチな、外観だった。まだ建って間もないのだろう。

玄関の自動ドアをくぐりぬけると、事務室があった。事務室の職員に田中先生に会いたいのだと告げると、二十代半ば位の男性職員は「少々お待ち下さいね」と愛想のいい笑みで、前の椅子に腰かけるよう言われた。

暫くすると田中先生が出て来た。

「ええと、黒瀬君だったかな」

にこやかな教師らしい笑顔で田中先生は、僕の顔を見るなり話しかけてくれた。ベージュのセーターに黒いスラックス。どこか、洒落ていた。

「はい」

僕は立ち上がり、軽く一礼する。

「こちらに談話室がありますので、どうぞゆっくりして行って下さい」

若い女性介護職員が談話室まで案内してくれた。

ここの老人ホームは、基本的に個室だそうだ。外観だけじゃなく中まで洒落ていて、真新しいマンションやアパートらしい感じが漂う、老人ホームだった。突き当りの一番奥に、白いテーブルと自販機があった。

他にも入居者と家族が穏やかに談話している姿が見られた。

「ホットケーキをお持ちしましたよ」

僕は白いビニール袋を先生に渡す。

「おぉ！　もしかしてこれは『黒花』のホットケーキじゃないかね？」

先生はビニール袋から漂う香りで、一発で見抜いた。

「そうです。流石ですね」

先生は嬉しそうにホットケーキが入った容器を取り出す。

「あの、先生……」

僕は、黒い缶コーヒーをただ黙って見つめていた。先生は自販機で缶コーヒーを僕の分まで購入してくれた。

「ん？　何かな。歩花君の事かな？」

流石に鋭い。教師ならではの直感だろうか。

「君は彼女に惚れてるよね」

先生はホットケーキにプラスチックのフォークとナイフを入れた。その言葉に心臓がついつい跳ねてしまった。

「え？」

何故か震える声。男のくせに恥ずかしかった。

「見ればわかる。この前はそんな素振りはなかったけれど、君の今日の態度を見たら、そんな気がしてね」

見透かされたようで恥ずかしかった。言葉を頭の中で探った。今、何と声を発すればいいのだろう、と。

「最近、好きになったのかな、君は」

余裕の口調、余裕の笑みで先生はホットケーキを口に運んだ。旨い、と唸りながら。ホットケーキはおいしそうだった。僕も今度行って食べてみようか。いやいや、今はそんな余計な事を考えている場合ではない。

「えぇ」

僕は短く肯定するしかなかった。肯定すると顔の体温が上昇して行くのを感じた。梨乃ちゃんと付き合った時とはまた別の感情。自分でも、理解できず信じがたい。

「私が教員をしていた時、彼女に憧れた男子生徒は沢山いたからね。彼らと同じような顔をしているよ」

「そうなんです、か……」

そうか、だから先生は僕が惚れてしまった事を見抜けたのか。これも教師という職業ならではだと、勝手に納得した。

「で、君は今日、歩花君の事を聞きに来たんだろう？　私に答えられる事なら、教えよう」

「はい、あの……」

僕は軽く深呼吸した。緊張が高まる。

「昔、何があったんですか？」

「え？」

先生はフォークとナイフを動かす手を静止し、僕に視線を転じた。昔という言葉に違和感があったのだろうか。歩花さんはまだ二十一歳。

三年、四年位しかまだ経っていないか。

「あぁ、うん」

先生の短い言葉に僕は緊張がまた更に高まる。きっと何かあったに違いない。きっと。

「うーん。歩花君が付き合っていた人はね、当時二十一歳。今の歩花君と同じ年の青年だった」

「えっ」

驚きを覚えた。未成年と成人した人が付き合うっていいんだっけ？　とグルグルと頭の中で思考が回る。年はそんなに違わないが。

僕はそのまま先生の話に耳を傾けた。

「まぁ学校には内緒で付き合ってたんだけどね。私は昔、桐ヶ丘の公園で二人が仲良さそうにベンチで座って、語り合っているのを見てしまった。彼女が彼の肩にもたれてね」

「そうなんです、か……」

普通に高校生にありがちな光景の男女交際だ。あぁ、だからこの前、歩花さんは桐ヶ丘にある公園で、ベンチに座ってぼうっとしてたんだと、納得した。

「ある日歩花さんと彼が喧嘩をして別れたらしい。その後ね、彼が亡くなったんだよね」

「えっ！」

また衝撃的だった。歩花さんは愛する人をそんな若い頃に失っていたとは。僕は絶句した。

少しの沈黙が降りてきた。隣のテーブルではここの入居者のご高齢の方と、息子さん夫婦であろう人が楽し気に談話しているのに。僕のテーブルは少し重た気な空気。

「それから彼女は元気をなくしてね。歩花君はあまり、人と接触するのが好きな生徒ではなかった。いつも一人でね。誰とも話したがらない。しかし、その彼と付き合ってから少し彼女は変わったというのに。歩花君は落ち込んだよ。あれは高校三年の初めだったかな」

「そうなん……ですね」

峰岸君が教えてくれた話は大体合っていた。

「きっと、辛かったでしょうね。歩花さん」

僕は触れてはいけないものに、触れてしまった気がし、不思議なものが胸の中にじゅわっと広がった。

「そうだね。相手の男は、穂高太一《ほたかたいち》っていう名前の子でね、K大の学生だった」

「それはまた、一流大学ですね！」

思わず驚きの声を上げてしまう。都内の私立大でも偏差値は上の方だ。僕も行きたいと思ったが、学力が追いつかなかった。

「交通事故でね。事故死したんだ」

先生の話によると穂高太一さんは、ぼんやり歩いていたらしい。信号が赤なのにうっかり横断歩道を渡ってしまい、トラックに轢かれたと言う。

「っていうかそれ、誰も止めなかったんですか？　赤信号歩いてたら、他に信号待ちしてる人とかいたでしょうに」

苛立ちを感じた。ちょっと周囲の人々は薄情じゃないだろうか。一人位、赤ですよ、と言ってもいいものを。

「それがね、真夜中だったんだよ。歩行者はほとんどいなくてね。きっと歩花君と別れた事がショックで、ぼんやりして歩いてたんじゃないかな」

「そうでしたか」

動揺しつつやっと言葉を振り絞った。震えそうになった。きっと歩花さんも穂高さんの事をまだ好きだっただろう。好きなのに、別れた。若ければよくある話。

別れた後だからこそ、ショックは大きかったに違いない。好きな人なんていないと、強い口調で言い放った歩花さんを今、思い出す。

「歩花さん、ご両親に押し切られて、婚約しちゃったんですよ」

「え？」

いつの間にか先生は、ホットケーキを食べ終わっていた。そして先生はまた自販機で飲み物を購入した。今度は烏龍茶だった。

烏龍茶のペットボトルのキャップを開けながら「あ、そう言えば」と先生は言う。

「穂高さん、養子をもらったと聞いた」

「養子……ですか」

僕は今の時代あまりない話に、目を瞬かせた。先生は何でも知っている。教師をしていた頃、生徒のお母さんたちが聞きもしないのに、色々教えてくれたらしい。

それほど、先生は話しやすいキャラだったという事だ。

「うん、確か穂高君のお父さんの弟さんが、お子さんが男の子ばかり四人いてね。一人養子にやったとか」

「そんな、昭和な話、今もあるんですか？」

僕は驚きを覚えた。何人いようと子供は宝だろう。子供を養子にだなんて。

「あぁ、養子っていってもね。近所に実のお父さん、お母さんは住んでいるからね。ほとんど親子関係は変わらない。それにもう成人してるからね。養子といっても名ばかりでね」

あぁ、なるほど。それを聞いて安堵を覚えた。

「穂高さんの家は、確か税理士事務所を経営している筈だ。それなりに裕福な家だ」

「なるほど……」

何となく構図が見えてきた。穂高さんのお父さんの弟さんは、自分の息子を自分の兄の家に養子にやる事で、安泰な生活を送れると思ったのだろう。

養子に行った弟さんの息子は今頃、税理士になる勉強に没頭しているに違いない。

「もしかして、その穂高さんちの養子の方と歩花さんを結婚させようと？」

「可能性はあると思うよ。太一君が亡くなった時、三条さん家は物凄く責められたからね」

また一つ、じわりと状況が理解出来た。息子が死んだのは、あんたんとこの娘のせいだ。うちの息子と結婚してもらおうか。穂高さんのご両親は、歩花さんのご両親に畳みかけたのではないか。

「あの、歩花さんと穂高さんのその養子の方が結婚すると、何か穂高さんちに得があるんですか？」

「あるよ。三条さんといえば、赤羽周辺では地主で有名な人だ。ビルや駐車場も経営する大金持ちだからね」

その言葉を僕は不快に感じた。お金目当てで歩花さんに近づいてきたのなら、とんだクズだ。

2

僕は悶々としながら、赤羽に戻った。赤羽駅の西口。師走の末らしいせわしさが漂う。

過ぎ行く人々はどこか急ぎ足だ。『年末セール』『冬物バーゲン』という文字につられたのだろうか。女性達はアパレルショップの洒落たショッピングバッグを持ち、颯爽と通り過ぎて行く。

西口周辺の商業施設の前を歩く人々は、何だかとても楽しそうだった。洋服のショッピングバッグの他に、食材が入った袋も持ち、大荷物になっていた。

皆、顔がイキイキしているように見えた。そんな人々の姿を見るのが虚しく感じた僕は視線を外し、そのまま歩みを西へ向けた。交通量の多い道路の横断歩道を渡り、真っ直ぐ歩みを進めるとすぐに住宅街に入った。

雑居ビルや中層マンションの前を歩く。マンションやアパートなどの集合住宅が密集する中にひっそりと、小さな神社がある。

『亀ヶ池弁財天』だ。いや、神社というより、祠《ほこら》に近いだろうか。朱塗りの小さな太鼓橋。その奥には祠。小さな太鼓橋の下には小さな池があり、春から夏にかけてはよく亀が日向ぼっこしている。

今は冬。亀は冬眠中で、姿は見当たらなかった。

大昔、赤羽駅の西口には大きな池があったそうだ。その池は亀ヶ池と呼ばれていた。灌漑《かんがい》用溜池として存在していた。しかし明治の終わり、大勢の人が来て住みつくようになると、池は埋め立てられてしまい、小さな池のみが残ったと言われている。おそらく軍事都市となり、軍隊が沢山住み着いたからという事だろう。

以前、ここの池には沢山の亀が集まったと言われている。今はそんなに亀の数は多くはない。

僕は太鼓橋を渡り、さい銭箱にお金を入れた。軽く一礼し、鈴を鳴らした。二拝二拍手してから、手を合わせ、願い事をする。

(歩花さんの件が、良い方向へ向かいますように)

最後に一度、深いおじぎをした。神前から退く際も、軽く一礼するのを忘れなかった。

坂道を登り帰路を辿っていた所だった。

「黒瀬君」

背後から歩花さんの声。振り向くと、エコバッグを手に持っている歩花さんがいた。

今日は笑顔だった。

「今日は、クレープシュゼット作るの。食べにこない?」

「クレープシュゼット?」

住宅が密集する中で、僕の声が静かに響いた。

「あら、知らない? クレープシュゼット」

相変わらず整った綺麗な瞳を瞬きさせた。二重で澄んだ瞳は美しかった。

「はい、知らないです……」

見た事も聞いた事もなかった。クレープといえば、あのクレープしか思い浮かばない。僕の故郷にもクレープ位はある。県内では割と都会の、長野市や松本市まで足を伸ばせば、クレープショップがある。

高校時代、友達と電車で一時間以上、各駅停車に揺られ松本まで出向き、まだ新しいクレープショップでクレープを食べた記憶がある。

生クリームたっぷり、バナナとチョコレートソースたっぷりのクレープ。口の周りに自然にクリームがついてしまった事を覚えている。

原宿で売られているクレープもこんな感じだろう。そのクレープとはどうやら違うらしい。

「そっか。じゃぁ、尚更食べてもらいたいわ」

肩を上下させ、少女のような微笑みを向ける歩花さん。

僕は甘い物につられる子供のように、歩花さんの後をついて行った。大学生男子がする行動ではないのだが。

今日は定休日。

「今、作るから待ってて」

歩花さんは薬指の指輪は外していた。それには安堵を覚える。今は見たくなかった。

そのクレープシュゼットという見た事もないお菓子が出てくるのを、僕は待った。鼻をオレンジのような柑橘系の香り、甘い香りとバターの香りがくすぐった。

あの時と同じ匂いだ。あぁ、そうか。あれはオレンジママレードではなく、クレープシュゼットを作っていたのかと、今納得する。

暫くしてから白いお皿に乗せたクレープシュゼットを、歩花さんは僕の前に置いてくれた。

イメージしていたクレープとは大分違い、目を瞬かせた。四つ折りにされたクレープ生地が三枚。それにオレンジのシロップのようなものがかかっていて、オレンジが添えてあった。

「これが、クレープシュゼットっていうんですか？」

初めて見るそのお菓子を僕はただ、物珍し気に見つめていた。

「そうよ」

少し歩花さんは得意げに教えてくれた。彼女の話によるとクレープシュゼットはフランスのお菓子だそうだ。

このソースはバターと砂糖とオレンジ果汁を加え、キャラメリゼしたソースに、ブランデーをフランベして作ったものらしい。

この料理の由来は十九世紀、フランスの料理人、アンリ・シャルパンティエがモナコにあるレストラン、カフェ・ド・パリで働いていた時、イギリス王太子、後のエドワード七世が、フランス人の恋人と一緒にレストランに訪問した時に始まる。

アンリ・シャルパンティエはまだ見習いだった。最後のデザートに、オレンジソースのクレープを作ろうと、思いついた。フランスのブランデー、コニャックを使ってソースを作ろうとしたが、誤ってコニャックに火をつけてしまい、ソースの味が濃厚になり、深みがより増し、おいしく出来てしまった事がきっかけとなった、奇跡のデザートなのだそうだ。二人にこのクレープを提供した時、王子に「このデザートは、何と言う名前か」と問われた。

アンリ・シャルパンティエは、思いつかず、クレーププリンセスと答えたという。しかし、王子は「クレープシュゼットの方が素敵だ」と、同伴した恋人の名前をつけて言ったそうだ。

恋人のシュゼットは感激した。その女性の名前がこのデザートに命名され、クレープシュゼットと言われるようになり、世界に広まった。

「ロマンチックな話ですね」

そう言いながら目の前に置かれたクレープシュゼットを見つめた。黄色とオレンジの二色なのに、何故か華やかに見えてしまう。やはりフランスのお菓子だからだろうか。

「でしょ？」

「来月はこれを提供するんですか？　パンケーキじゃなく？」

「あぁ、実はねフランスやイギリス、スウェーデンやフィンランドでもそうだけど、ヨーロッパのパンケーキは、こんな風に薄いの」

「そうなんですか！」

それは初めて聞いた。ヨーロッパの事は全く知らなかった僕は衝撃を受けた。

歩花さんの話によると、フランスではパンケーキをクレープと呼ぶらしい。

「頂きます」

僕は早速、クレープシュゼットにフォークとナイフを入れた。小さく切ったクレープを口の中へ運ぶ。

「おっ！　これは……」

オレンジジュースの甘みとバターの濃厚さが、合う。この甘くジューシーなオレンジ色のソースが、薄いクレープに絡まり、舌にまろやかさが広がる。シンプルだけど絶妙なおいしさだった。

一般のクレープショップで食べるクレープとはまた違い、上品だった。

「上品な味ですね。おいしいです。初めて食べました」

「でしょう？」

うふふ。と得意げに先程とは違う笑みを彼女は浮かべた。僕はジッとついつい左手の薬指を見つめてしまった。僕の視線に歩花さんは気づいたらしい。

「指輪、どうしてはめてないの？　って思ってるでしょう」

「え？　えぇ、まぁ……」

僕は苦々しい表情をする歩花さんの顔をジッと見つめた。

「やっぱりね、指輪は好きな人からもらいたいんだ。ずっとしてろって言われて、好きになろうと努力してみたけど、出来なかった」

その言葉、一つ一つに重みを感じた。

「年下の僕が偉そうに言える立場じゃないんですけど」と、僕は切り出した。薄いクレープはあっという間に僕の胃に、収まってしまった。

「え？」

落としていた視線をあげる歩花さんに、僕は続けた。

「僕は嫌ですね。自分が愛した人が僕の事を愛していないのに、無理やり仕方なく結婚してもらうの。なんか虚しいじゃないですか。明治とか大正時代とかだったら、会った事もない人と結婚ってあったらしいですけど。昭和の時代で結婚は自由になったじゃないですか。ましてや、今は平成なんだから。自分だったら、僕を愛してる人と結婚したいです」

といってもまだ、金も稼いでいない学生の僕が、こんな事言ってよかったのかと、後悔が過る。しばしの沈黙が降りて来た。

歩花さんは静かに感慨深く頷いた。

「相手の人もそんなもの分かりの良い人だといいんだけど」

先程の田中先生の言葉が脳裏を過った。色々知ってしまったので、色々な構図が浮かんだ。

おそらく穂高さんの養子は、歩花さんに惚れてるのだろう、きっと。こんなに綺麗な人だもの。だから強引に結婚したい。本当に何かのおとぎ話のようだ。

珈琲を飲み干したら、カラン。とカウベルの音が鳴る。今日はこの店の定休日。そんな日に訪れるなんて、もしかするとと悪い予感が過る。

「やぁ」

現れた男は長身で、色白。どこか頼りなさそうな感じはしたが、顔はしっかり整った顔立ちをしていた。テレビドラマにでも出て来る俳優のようだ。

綺麗な切れ長の目に、短すぎず長すぎない髪型。どこか爽やかさもある。グレー色のスーツ姿にウールの紺色のコート。どこかエリートっぽく見えるから不思議だ。

(こいつが、そうか)

歩花さんの顔色は一変した。怒ったような表情。眉毛をつり上げ眉間に皺を寄せた。

「ごめんなさい。やっぱり私貴方とは、結婚できません」

深々と頭を下げる歩花さん。

「いいの？　そんな事言って。兄貴が……」

相手の男がそう言った所で僕はムッとし、立ち上がった。田中先生から事情を聞いて大体理解した僕は、居ても立っても居られなかった。

「あんた、強引だな」

「何だ？　君は」

今度はこの男が僕を睨みつける。睨み返してやった。

「今時、明治や大正時代じゃないんだから。押しつけがましい結婚はやめたらどうですか。みっともない。お兄さんの太一さんが亡くなったのは、歩花さんに関係ないじゃないですか」

言うつもりのなかった事を、僕はうっかり口に出してしまった。かなり強気に。

歩花さんとその男は、何で知ってるの？　と言いたげにこちらに視線を集中させた。

歩花さんは特に何度も瞬きをしながら、不思議なものを見るように、僕を見る。

「悪いですが、彼女を好きなら別の方法でアプローチしないと、彼女は貴方からますます、心が遠ざかる」

僕はこの男が歩花さんに惚れた事を百も承知で、発した。よく見れば、恋をする男の目だ。吸い込まれそうに、歩花さんを見つめていたのだから。

彼女を手に入れたいのなら、別の方法がある筈だ。女性に嫌われるような事ばかりするのではなく。

その男はクッと唇を噛みしめた。

「貴方のお兄さんは、歩花さんと別れた直後事故死したようだが、別に歩花さんは何一つ、悪い事してないじゃないですか。不幸な事故だったかもしれないけど。何故、歩花さんが責められなければならないんですか！」

言いながらわななないていた。こんな事言ってしまってどうしようという不安。けれども言わずには居られない腹だたしさ。二つの気持ちが重なった。

「政略結婚なんて」と僕は続けた。まだ言い足りなかった。

「今時、あり得ない」

「何だと！」

相手の男は顔を真っ赤にし、僕につかみかかろうとする。

「やめて！」

歩花さんが相手の男を大声で制した。しかし僕はそんな中でも続けた。空気が読めない台詞である事は自覚していたが。

「貴方、それでもいいんですか？　幸せですか？　歩花さんに愛されずに結婚して、幸せですか？」

自分の気持ちばかり押しつけて、男らしくない。この人の両親は歩花さんちの権力に目がくらんだのだろうけれども。

何か言い返してくるのだろうと思い、僕は心の中で戦闘の覚悟をした。

しかし意外な事に相手の男は「ふん！」と鼻を鳴らし、そっぽを向いた。

「また出直す」

そう言い放ち、その男はドアを勢いよく開けて去って行った。カウベルもけたたましく鳴る。歩花さんの悲鳴を聞いているような気がした。

「田中先生の所へ行ったの？」

歩花さんに単刀直入に問われ、ドキッと心臓が跳ねた。この経緯を知っているのは、田中先生位しかいないだろうから。

「あぁ、すみません」

僕は咄嗟に素直に謝った。暴言をぶつけ、もっと怒るかと思ったが、歩花さんは怒らなかった。はじめ怪訝な顔をしていたが、顔を緩めた。

「そうなんだ。ありがとう。私も行かなきゃって思ってたから」

「あ、いえ……」

意外な歩花さんの台詞に僕は、拍子抜けした。もっと責められると思っていたから。

ドキドキしながら歩花さんの顔を覗き見る。けれども歩花さんは表情を変えなかった。

「私の事を知って分かってくれる人がいて、何かホッとした。ありがとう」

プライベートを根掘り葉掘り探って知ってしまったのに、お礼を言われるのは意外だった。歩花さんはきっと今まで胸に秘めて悩んでいたのだろう。

張り詰めた空気が和やかになった時だった。外のウィンドウから僕たちの様子を一瞥した人がいた。

紺色スーツの男性。バーバリーのネクタイと大型量販店で購入したと思われるスーツがちぐはぐで、でもそれが洒落ていると言っていいのだろうか。

年齢は三十位か。少し疲れたサラリーマン風な男性。スタイルが良い男性だった。けれども顔は少しふっくらした感じの優しそうな男性。

僕達と目が合うなり、その男性は会釈した。僕らは誰だろう？　と互いに目で話し、歩花さんが頭を下げる。歩花さんがドアを開けた。

「あの、すみません。今日は定休日でして」

先程の様子を見られていたのだろうか。だとしたら恥ずかしい。今になり、顔や体に熱を感じた。自分の身を隠してしまいたかった。僕は普段、活発な性格ではない。

そんな僕が熱弁してしまったのだから、複雑な心境がじわりと広がる。僕は内気な少年のようにまた椅子に腰かけ、気持ちも目も行き場がなくて、食べ終わったクレープシュゼットの皿を黙って眺めた。

3

歩花さんも同じ気持ちだったんじゃないだろうか。彼女の顔も赤かった。

「あの……。先ほど窓越しに見えてしまいました。すみません。そちらの彼が食べていたオレンジ色のクレープについてお聞きしたいのですが、それを食べることは、出来ますか？」

「え？」

その男性の意外な台詞に、歩花さんはきょとんと目を瞬かせ、戸惑いを見せる。

「あ、ごめんなさい。これはまだ試作品でして」

「あの、料金ならいくらでもお支払いしますので、どうか、一度食べさせては貰えないでしょうか」

懇願するようにその男性は綺麗に頭を下げる。今までの歩花さんなら拒否していたかもしれない。でも歩花さんは仕方ないな、と言わんばかりに嘆息した。

「分かりました。これ一般販売はしておりません。なので予約のみの販売になりまして。お日にちお伺いしてもよろしいでしょうか」

手慣れて来た営業スマイルに、営業らしい言葉。段々様になって来た。

男性はゆっくり顔を上げた。この人は営業マンだろうか。

「あの、ここのお店は何日まで営業されていますか？」

おずおずとその男性は尋ねる。やや自信なげに。きっと僕らのやりとりを見ていただろうけれど、それは気にしていない様子だった。

少し肩の力が抜けてしまった。

「そうですね。二十八日は一旦お休みで、二十九日の営業で……」

「あの、でしたら、二十九日にお願いします」

歩花さんが言っている途中で、やや勢いのついた口調で彼は促す。そしてまた、営業マンに近い礼。職業病なのだろう。

何となく今この人は、余裕がない。大丈夫だろうか。そんな僕の心配をよそに、歩花さんは短く頷き「分かりました」とメモを取る。

「すみませんが、一日二名様のみの承りになりまして。二名様までしかお受け出来ないんですが」

「はい、二名でお願いします」

見た感じ三十は過ぎているだろうが、新入社員のような口ぶりだった。

(ははぁ、彼女とのデートか)

だとしたら今の僕にはちょっぴり羨ましい。その男性と歩花さんは短いやりとりを経て、男性は予約だけ済ませると退店した。

「良いんですか？　受けちゃって」

しかも一月からの提供予定なのに、大晦日前に販売とは。

「いいのよ」

歩花さんは、先程の男性の心から何かを読み取ったらしい。短く微笑むと「じゃぁ、材料を近々買いに行かなくちゃ」と、早速気持ちを切り替えていた。

僕は料金を支払うと言ったが、これは試供品だから要らないと言われてしまった。しかしそれで商売が成り立つのだろうか。これだってきっと材料費がかかってるだろうに。

「いえ、そう言う訳にはいきませんよ」

歩花さんには奢られっぱなしになるのが嫌で、僕は強引に千円札を置いた。本当はドリンクを含めるともっとする。

コーヒー代の五百円も置こうと思ったその時「ありがとうございます」と、歩花さんは素直に千円札を受け取ってくれた後、突然、発した。

「あの、お願い！　二十九日、手伝いに来てくれる？」

「え？」

少し予想していた台詞だった。実家に帰る用事もないし、暇だし手伝ってもいいか。という気になっていた。歩花さんは、もしかしたら心細かったかもしれない。先程の男に、畳みかけられていたから。

「いいですけど……」

「良かった。クレープってね、作るの難しいの。二十八日、練習しにうちに来てくれる？」

あぁ、確かにそうだよな……。考えただけで分かる。クレープ屋さんに行くと店員さんは手際よく作っているけれど、素人はあんな風に絶対上手くいかないと、何度思っただろうか。

錦糸卵を作る時のように、とにかく薄く。そして焦がさないように作らなければならないのだから。

「分かりました」

僕は断る事なく、それを受けた。

そして、二十八日。

僕は朝から『白雪の木』を訪れた。この前も着た制服に着替え、エプロンをつけた。厨房へ向かうと、歩花さんはボウルをキッチンの台の上に置いた。

作り方を教わった。

ボウルに卵を割りほぐし、粉砂糖と牛乳、少しの塩を合わせて溶いて混ぜる。全体的に、レモン色が強めの、白みがかった色になった。泡立て器でシャカシャカと音を立てながら混ぜ、ふるって真っ白な粉雪のようになった小麦粉を加えた。それを泡立て器で更に、混ぜ合わせると、全体的に淡いクリーム色に変わった。

更にその中に溶かしバター、レモンの皮をすりおろしたものを入れる。この生地を二十分〜三十分寝かせる。

「お手本見せるから、見ててね。クレープは、パンケーキやホットケーキ作るよりも難しいから」

歩花さんは、念を押すように言う。

「は、はい」

歩花さんは手際よく、おたまの三分の二程の量の生地をすくい、熱した大きめのフライパンにバターをなじませ、生地を流し込む。ジュッと、心地いい音が響いた。薄い生地が、じんわりと全体に広がっていく。

「表面が乾いてきたらね、長めの串ですぐに裏返すの。で、サッと焼いたら出来上がりよ。これを取り出して、四つ折りにするの」

簡単に説明してくれるじゃないか。

僕は見ていて、体がフリーズした。歩花さんは、テキパキ手を動かしているが、こんな風に素人の僕が出来る訳がない。クレープ自体作るのが初めてなんだから。料理は好きだけど、錦糸卵は作った事がないし。

綺麗な黄金色に仕上がったクレープ。僕はこんなに上手に出来る訳がない。

「やってみて」

また簡単に言われてしまった。でも、感覚で覚えて行くしかないかもしれない。

おたまで生地をすくう手が震えていた。どうにかこうにかおたまで三分の二の量を、ジュワッと心地良い音をさせながら、フライパンに流した。

「うわっ！」

思わず悲鳴に近い声が出た。真ん中に穴が開いてしまった。こんなものだ。それを何とかしようとフライパンを動かし、生地を均等に広げて行こうとする。

生地は薄くならなかった。パンケーキよりも薄く、クレープより分厚い生地になってしまった。

歩花さんの視線が気になった。何か小言を言われるのは、百も承知。しかし歩花さんは何も言おうとしない。

「ほら、早く裏返して」

「は、はい」

忘れていた。早速失敗した事に呆然としながら、フライパンを眺めていたのだ。歩花さんのように、竹串で裏返そうとするが、上手くいかない。

「そういう時は、フライ返しを使っていいから」

歩花さんからフライ返しを手渡され、早速裏返した。

「うわぁ」

「あぁ……」

二人の声が見事にくっきりハモった。焦げ目が出来ている。早速の失敗。クレープというよりも、まるでどこかの国の料理の、春巻きの皮を彷彿させる。

二人で顔を見合わせた。歩花さんは僕を責める事なく、苦笑いを顔に刻んだ。それは僕も同じ。気まずい沈黙だった。

「気をとりなおして、もう一枚！」

「はい！」

また先程と同じ要領で、クレープ生地を流す。均等に広がるように、フライパンをまわしながら。今度は上手くいった……気がする。裏返すのが難しいので、竹串とフライ返しの両方を使って裏返した。先程よりは、マシ。という感じである。不細工な形には変わりない。

歩花さんが焼いたクレープ生地とは、天と地ほどの差があった。でも歩花さんは、何も言わなかった。

そして、三枚目を焼く。

「あら、今度は筋がいいじゃない」

歩花さんから、お褒めの言葉をもらった。ちょっと嬉しい。自分で言うのもなんだけど、上手く出来た。それをようやく四つ折りにしてみた。そしてもう一枚、更にもう一枚。と焼いて行くと段々、上達してきた。最後に焼いたのが一番、上手く焼けた気がする。

「じゃぁ、ソースを作るから」

歩花さんは製菓用の鍋に、砂糖とバターを入れて溶かした。砂糖がバターと絡んで、茶色い色になって行く。そこへ、レモンをすりおろしたものを加えた。

「今日は、これを入れるの」

茶色い液体が入った瓶に、手を伸ばした。

「それ、コニャックですよね、そんな高いの使うんですか？」

僕は目を瞬かせて聞いてしまった。

「うん。よく知っているじゃないの。前も言ったとおり、アンリ・シャルパンティエが初めてクレープシュゼットを作った時に使ったブランデーが、コニャックだから、今回はこれを使おうと思って」

僕の叔父は、長野市で酒屋を営んでいるから、コニャックを知っている。

コニャックはブランデーの中でも、一番高級なブランデーだ。フランス南西部にあるコニャック地域で、栽培されている葡萄を使用し作ったブランデーのみが、コニャックというのだ。

「七百ミリリットルで二千五百円。まぁ、製菓材料としては高いけどね。でもさ、あのお客様の為だもの。これで作ると最高においしく出来ると私は思ってるから」

「そうですか……」

ちなみにクレープシュゼットは、グランマニエや普通のブランデーを使用して作っても、良い。

コニャックを入れると鍋の中から青い炎が少し出た。濃厚な甘い香りがし、炎が消えた後、続けて水を加える。最後にオレンジのしぼり汁と、レモンのしぼり汁を入れる。

先日、彼女はオレンジジュースを使って作っていたが、今回はオレンジの果実を使った。

僕が焼いたやや不細工なクレープ生地を、歩花さんが作った上等なオレンジソースが入った鍋の中に浸し、少し火にかけた後、それをお皿に盛ると出来上がり。

「あ、でも見栄えがよくなりましたね！」

僕が作ったやや不細工なクレープが、オレンジソースという魔法によって美しく見える。

「お茶の時間にして、食べてみましょうか」

歩花さんは、にっこり微笑んだ。

「あ、はい」

僕が焼いたクレープ生地は、おいしくはないかもしれない。でも歩花さん特製のソースがかかれば、絶対おいしい。

イートイン用の小さなテーブルの上に、歩花さんはクレープシュゼットが乗ったお皿と紅茶を置いてくれた。きっと歩花さんは、紅茶が好きなのだろう。

「頂きます」

僕は手にフォークとナイフを持ち、オレンジのソースに浸された、四つ折りにしたクレープにナイフを入れる。

「お！」

「あらっ」

また二人で声がハモる。今度は感動の声だった。

「おいしい！」

また同時に声が重なった。それがおかしくて、ついつい二人で笑ってしまった。

この前、歩花さんが作ってくれたのとは、違う味だった。レストランで食べた事はないけれど、そういうような、高級な味だ。コニャックが効いているのかもしれない。バターと砂糖の甘みもしっかりしている。まさに高級なクレープだ。

「明日、頑張りましょうね」

ついつい、張り切った声を出してしまった。

「えぇ」

歩花さんは満足そうな微笑みで頷いた。

翌日の二十九日はあっという間にやって来た。正月が近い街は大忙し。つい最近までクリスマスだったのが、嘘のようだ。

おせちの材料や餅が飛ぶように売れていく。年末の赤羽駅周辺は人で、溢れ返っていた。いつもはこんなに人が多くないが、年末になると一気に人が増える。

赤羽という街は東京の中でも、こんなに人が多いんだっけ？　と考えつつも、約束の時間十四時に、『白雪の木』を訪れた。

表のプレートの『本日の営業は十四時までとなっております』という文字が目に入った。

店の中に入ると、チーズケーキが二切れしかショーケースの中に残っていなかった。

(あぁ、売れちゃったんだ)

ケーキのショーケースから視線を外し、制服とエプロンを身につける。

十五時には、例の予約客が来る。クレープシュゼットが、パンケーキを焼くよりも難しいと言っていたのを実感しながら、厨房へ向かう。

「もうすぐお客さんがいらっしゃるわ。クレープ生地は混ぜてあるの。それをゆっくりフライパンに流し入れてね」

早速、歩花さんはプロらしい口調で僕に、ややせわしく促す。

「は、はい!」

昨日の感覚で、成功できるだろうか。体に緊張が走った。

緊張しながら、おたまに三分の二程の量の生地をフライパンに回し入れ、薄く伸ばして行く。

昨日よりは多分上手く出来た方。いやいや。でも、これではいけないだろう。

自嘲的な笑みを内心浮かべながら、表面が乾いてきたら竹串とフライ返しを使い、裏返す。

一枚目、焼き上がるとお皿の上に乗せた。

「そうそう。筋がいいじゃない」

歩花さんは嬉しそうにそのクレープを眺めた。

「うーん、少し焦げちゃいましたけど?」

「これ位の小さな焦げは大丈夫よ」

生地の表面に少し、ほんの少し黒い焦げた跡がついてしまった。失敗かと思いきやお許しを頂いた。黒い部分だけ歩花さんは手際よく、取り除いた。

僕なんかが、ここでプロのパティシエの元でクレープを焼いている。何だか不思議な気分だった。

しかも大切な客に出すクレープを、僕なんかが焼いていいものだろうか。昨日から焼いていたので、コツを摑めた。これをあと五枚焼かなければならない。先程と同じ要領で、手際よく薄く焼き表面が乾いてきたら、裏返す。

それを繰り返した。生地を混ぜ合わせたのは今日も歩花さんだが、焼いたのは今日も僕だった。そして、オレンジソースを作るのも、今日も勿論、歩花さん。

僕の隣で歩花さんはオレンジソースを作っていた。バターと砂糖を鍋に入れ、茶色くなると、オレンジやレモンのすりおろした皮、コニャックを入れてアルコールを飛ばす。水、レモン汁、オレンジ汁の順に投入された。

手際がよく、本当にプロだと実感した。横で見ていた僕は「おぉ！」と感嘆の声を漏らした。

「黒瀬君、クレープを四つ折りにして、このお鍋に入れてくれる？」

「は、はい」

指示された通り四つ折りにして、オレンジソースが入った鍋に入れる。そしてすぐに火を止めた。

「よし、これをお皿に盛りつけて、出来上がり、と」

歩花さんが作ったソースは、綺麗な透き通ったオレンジ色だ。それがクレープに浸透して行く。

やっぱりオシャレで高級なお菓子に見えた。どこか、クレープシュゼットという名が相応しい。

「そろそろ、いらっしゃる頃だわ」

歩花さんが時計に視線を遣る。そう言った瞬間、カランとカウベルの音が聞こえた。予感的中。この前の男性と後ろにピッタリ寄り添うように、可愛らしい小柄な女性が来店した。

年は二十七、八だろうか。けれども背は低い分少し幼く見える。少女のような顔立ちだった。

僕は二人が席に着くなり、水が入ったグラスを置きながら、彼の方に尋ねた。

「クレープシュゼットの方、ご用意致しましょうか？」

「お願いします」

彼の方が、丁寧に頭を下げる。

「珈琲と紅茶、どちらがよろしいですか？」

「二人共珈琲で」

紳士らしく、また頭を下げるその男性。彼女の方も、頷いた。

僕は厨房から、クレープシュゼットを持ってきた。

ベージュ色のコートを脱いだ彼女の方は、ワイン色のセーターを着こなしており、なかなかオシャレだった。

「わ！　凄い。おいしそう」

彼女の表情が輝き、頬が緩んだ。彼の方は緊張の色が顔に漂う。キュッと唇を結び、なかなかクレープシュゼットにフォークとナイフを入れようとしない。

歩花さんがそんな二人の前に、珈琲を置くが、しかし彼の方はなかなか珈琲にも口をつけない。

(あれ？　この展開はもしかしてプロポーズか？)

何故クレープシュゼットなのかは、分からない。彼の方が、あの。と切り出した。

顔は真っ赤。そして俯く。少し時間が経過した。そんな彼の様子に彼女は察知したのかもしれない。

「信二《しんじ》君、私……。お受けします」

僕も歩花さんも呆気にとられ、ついつい互いに顔を見合わせてしまった。彼の心を読んだように。

「あ、いや、どうしてそれを？」

彼の方は戸惑い、今度は焦りの色を見せた。関係ない僕まで見ていてハラハラしてしまった。

彼女の方は視線を落としてから、目の前にいる彼の方を一瞥した。

「だってオレンジは……十九世紀から二十世紀前半頃のヨーロッパでは、男性が女性へオレンジを渡してプロポーズする習慣があったって、聞いた事がある。クレープシュゼットを一緒に食べよう、予約したからって急に言うから、もしかしたら、プロポーズかなと思ったの。クレープシュゼットのソースには、いっぱいオレンジを使っているから」

それは知らなかった。だからオレンジを使ったクレープシュゼットをどうしてもと、彼は言っていたのか。彼女の方は短くため息を落とした後、瞳が揺れていた。少し眉を顰め、何か言いたげで、不満たっぷりの眼差しを彼に向けた。

「でも、貴方の口から言ってほしかった。一年も待ったのに」

「あ、いや、ごめん」

二人の会話からこの彼は、彼女に一年前からプロポーズを計画していたという訳か。しかし、一年も言えずにいたとは……。ちょっとそれは男として情けないじゃないか。傍らにいる歩花さんに「情けないですよね」と小声でついつい同意を求めてしまう。

歩花さんは少し短く微笑み「そうね」と小声で言っただけだった。

何となくこの男の人はどこか頼りなく見えた。僕も同じ事をよく言われるから、人の事は言えないが。

でも彼女が結婚を受け入れる位だから、きっと魅力がある彼氏なのだろう。

(人の事あまり悪く思っちゃ申し訳ないか)

僕らは知らないフリをして、二人を見守る。キッチンに戻り、ガラス越しで二人の様子を見ながら、先程使った調理器具やお皿を洗った。

少し眉を顰めていた彼女だが、徐々にそれが薄れていくように感じた。

「うまくいきそうですね」

「うん、そんな気がする。大丈夫じゃないかな」

しかしオレンジにそんな意味があったとは。

「けど、クレープシュゼットでプロポーズって何かオシャレというか、かっこいいですね」

「うん、私もそう思う」

歩花さんは、食器を洗いながらチラチラと客を見ていた。

一年も言えなかったのだから、やっぱり言う勇気がなくてクレープシュゼットを利用したという事か。オレンジをというより、オレンジを使った料理で。

あっさり彼女にその意味を見破られ、少し驚いたが、サプライズとしてはかっこいい。

ぼんやりそんな事を考えているうちに、二人は和やかになって来た。幸せに向かって歩いて行く二人。そんな二人を見ていると、僕まで幸せな気分になる。

何故だろう。人の幸を心から喜べない人もいるが、僕は逆だった。

かれこれ二十分位そのカップルはいただろうか。男性の方が立ち上がり「お勘定お願いします」と歩花さんに促す。

（あぁ、良かった）

クレープシュゼットでプロポーズするのは、適しているかもしれない。

エドワード七世と、恋人シュゼットが食事を堪能している時に、ネーミングされたこのお菓子。クレープシュゼットと名をつけたのが、エドワード七世なのだから、恋人の為のスイーツ。としても良いかもと、楽しい思考を巡らせていた。

そんな事を考えているうちに、カップルの客二名は退店して行った。

（センスあるなぁ）

再び感心した。さっきの男性は、一見頼りなかったけれどもクレープシュゼットに託して行動した。ちょっとそういう勇気が羨ましい。

きっとそういうサプライズが出来るから、先程の彼女も感動を覚え、あの男性について行こうと思ったのだろう。

女性の気持ちも今なら理解出来た。歩花さんが食器を下げて、キッチンへ置いた。

「素敵なプロポーズだわ」

うっとりとした口調の歩花さん。僕はそうですね。と同調しながら夢心地の表情の歩花さんを傍らから一瞥し、食器に視線を転じた。

彼女もやはり、女の子だ。あんな素敵なプロポーズに憧れるのだろう。彼女が今抱えている問題は、好きな人ではない人との強引な結婚話。

歩花さんは現実を考えたかもしれない。うっとりした顔から真顔になり、既に乾いた食器を食器棚に入れる。

「どうやったら、あの人分かってくれるかしらね」

ボソリと呟く歩花さん。

「そうですね」

いきなり現実に戻るとやはり辛い事ばかりだ。何となくあの穂高さんの養子は、頑固者だと思う。簡単に引き下がるとは思えなかった。

「そもそも、何でその穂高さんのご両親は、歩花さんとあの人を結婚させたいんでしょう？」

権力と田中先生は言っていたが。それがどういう権力なのか分からなかった。

「穂高さんね、選挙に出るらしいのよ」

歩花さんはカチャカチャと音を立てながら、食器を片付ける。

「なるほど」

また少し構図が見えた。選挙に出るだけでもお金がかかる。それだけならまだ穂高家でも出せるかもしれない。どの位、歩花さんのご両親が立派な人かは分からないけど、きっとそれなりに地位と権力があるだろう。

三条家の太いパイプがあると、当選しやすくなるという当たり前の構図が見えた。何もかも。

「修《おさむ》さんも、まだ若いけれどそのうち、立候補したいんじゃないかな」

「そうでしたか……」

あぁ、もう何だか最悪だ。

穂高家はそれを目当てに、三条家に近づいて行ったという事だ。うちの息子が亡くなったのはあんたの娘のせいだと言いがかりをつけ、うちの息子（養子）と結婚してくれたら、全て無しにしよう、と。

僕の気持ちは複雑だった。歩花さんとしては責任を感じているだろう。でもその一方でその修さんって養子の人とは、結婚したくない。

「結婚って、そんなもんで決めるものじゃないですよね」

「本当はね……。私だって好きな人と結婚したいな。っていうかまだそんな年じゃないし」

「ごもっともです」

世間ではまだ二十一、二十二というと結婚は早い。昔なら当たり前だったかもしれないが、今はそんな事に束縛されずに自由を満喫したい年頃だ。

しかもそんな今時、政略結婚みたいな結婚は嫌だよなぁ。僕でさえ短く嘆息した程だ。

ぼんやり考えてると、歩花さんはそっと茶封筒を僕に差し出す。

「昨日の分と合わせて、お給料渡すわね」

「あ、すみません……」

昨日、ここに練習に来た分も、給料が加算されるらしい。本当は要らないと言いたかったが、多分歩花さんとしてはそれでは、納得がいかないだろう。僕は静かにその茶封筒を受け取った。

中に四千八百円、入っていた。

その日の夜、夕飯の買い物に行こうと外へ出た。今日こそは自炊をしよう。坂を下ろうとした時だった。

「よ、はるちゃん！」

突然、千谷さんに呼び止められ、振り向く。千谷さんは、店の前に旗を立てている所だった。

「は、はるちゃん？」

僕の事か？　それ。でも僕以外に人はいないから、僕の事だ。

「メシでも食ってけ」

「いえ、僕そんな、お金が……」

ついつい口ごもってしまう。働いた後でも少し財布の中は、寂しかった。肩を落としている僕に千谷さんは、ハハハと破顔した。

「いっつもね、はるちゃんには来てもらっちゃってるからねぇ。開店して一番に来てもらった、ありがてぇ客なんだ、君は。今日は俺の奢りだ。好きなもん、食ってけ」

「えっ」

語尾にハートがつきそうになる程、声は弾んでしまった。いやいや、でもそれじゃぁ、申し訳ない。千谷さんだって商売で居酒屋を経営されているのに。

「まぁまぁ、いいから入りな。遠慮するな」

千谷さんは、逡巡している僕の背中を強引に押し、中へ入れた。

店内には端に、六十代位の男性が三人。そしてなんと、真ん中の席には歩花さんが一人で飲んでいた。

「歩花さんどうしたんですか？」

千谷さんが、僕を強引に店へ入れた訳を理解した。話し相手でもしてやってくれという事だろう。折角なので、今日は千谷さんにご馳走になる事にし、歩花さんの隣に腰かける。彼女は熱燗を飲み、ししゃもを頬張り湯豆腐を食べていた。まるで、おじさんだ。

「あぁ、今日はどうもありがとね」

歩花さんは、やや赤い顔をしながら、僕の方を向く。

ほろ酔い気分？　いや、かなりお酒は入っている気がした。

「あ、あの、僕も熱燗を。それと、焼きおにぎりと、枝豆。僕もししゃも下さい」

なるべく安いメニューをチョイス。

ししゃもは歩花さんが、かぶりついているのを見て、僕も食べたくなった。

というか、こんな美人でもこんな豪快に、ししゃもを頬張るんだな、と、少し驚きを覚えた。

アボカドサラダや、グラタンなど、女性が好きそうなお洒落なメニューもあるけれど、ししゃもと湯豆腐をチョイスするあたりに、親近感が湧いた。

「熱燗、お代わり」

歩花さんは熱燗の陶器を右手に持った。大丈夫か？　沢山飲んでいる気がしたが、気のせいだろうか……。

「あの、そんなに飲まない方がいいんじゃありません？」

心配になった。千谷さんは、歩花さんの前に熱燗のお代わりも置いたが、お冷も置いた。これで酔いを醒ました方が良いという事だろう。

歩花さんは黙々と、熱燗を飲んだ後、またししゃもにかぶりついた。

「今日はお疲れ様でした」

無言の歩花さんに僕は、言う。

「うん、乾杯しよう」

おちょこを、彼女は僕に向けた。僕はその、おちょこをちょん、と、引っ付けて軽く乾杯した。

千谷さん夫婦は、六十代の男性三人に話しかけられ、陽気に会話を楽しんでいる。

「大丈夫ですか？」

歩花さんに、会話を向けた。

「大丈夫よ」

今度は歩花さんは、ポテトサラダをオーダーしていた。選ぶものが、僕が選ぶものと、大体同じメニューだ。

「色々考えたら、疲れちゃってね。ちょっと飲みたいなと思ってね。おいしいものも食べたかったし」

「なるほど」

つまみを、追加し堪能できるあたりはまだ、大丈夫だろう。心はそこまで、落ち込んでいない。落ち込んでお酒を飲む時は、つまみなんて食べられない事が多いから。

少しのお酒位は、飲んでもいいだろう。嗜むくらいは自由だ。そこは少し安堵を覚えた。

「バイト入ってくれて、ありがとうね」

「あ、いえ。失敗しちゃったし、お役に立てたかどうか」

今日作ったクレープを思い出した。何とか商品に出来たレベル。やはりクレープの見栄えはプロの歩花さんには、及ばなかった。

歩花さんは小さな綺麗な笑みを、口元に浮かべ、ポテトサラダを口に運んだ。

多分、話したくない事だってあるかもしれない。人の心の中に、土足で入る訳にはいかないから、それについては触れない。

「色々ね、君が入ってくれてさ、助かったんだよ」

歩花さんは豪快にキュッとおちょこで、お酒を飲んだ。多分、仕事が助かったという意味ではないだろう。歩花さんの方がクレープを焼くのは、上手いのだから。

気が滅入っていたから、気を紛らわせたかったのではないか。

「私さ、ここのポテトサラダ、好きなんだよねぇ」

歩花さんは、話の流れを少し変えた。目を細め、何だか嬉しそうだ。

「あ、そうなんです？」

僕はその話に乗る事にした。

「うん。子供の頃、家の前にあったお総菜屋さんの味に似ててさ。そのお店、つぶれちゃったけど」

歩花さんの子供の頃の事を知りたくなったから、話に耳を傾けた。子供の頃『チャロ』という猫を飼っていたが、他の雄猫と恋に落ちてしまい、雄猫の一家が引っ越しする際に『チャロ』の幸せを考え、雄猫の家に引き取ってもらった事を話してくれた。その日の夜は、寂しくて、悲しくて泣いてしまったそうだ。

小学生の頃、給食に出たキャロットラペが苦手で、見つからぬようにビニール袋に入れてそっと持って帰ったがそれを忘れており、翌日、ランドセルの中から、悲惨な姿でお母さんに見つかり、こっぴどく叱られた事も教えてくれて、思わず笑ってしまった。

普通によくある、小学生の日常だった。僕は食いしん坊だったから給食は基本、残した事がなかった。しかし厳しい担任教師に当たった年は、周囲のクラスメイトで食べきれない子は、こっそり持ち帰る子もいたっけ。

歩花さんだって、普通の女の子なのだ。この人は、こんな風に何気ない話をする相手がいないのだろう。昨日はお茶を飲みながら、クレープシュゼットを食べたし今日も話をしたけれど、それだけでは、話したりなかったのかもしれない。その話し相手になれて、今日は良かった。

一時間程、談笑した後、帰る事にした。会計の際、千谷さんは「今日は奢りだ」と言い放った。そして歩花さんからも、お代を受け取らなかった千谷さん。

きっと千谷さんは、歩花さんに何かあったと察知したからだろう。千谷さんの優しさが身に浸みた。

エントランスの前で、歩花さんと別れ、歩みをマンションへ向けた。

今日、色々心配したりハラハラしたりしたが、最後、楽しく過ごせて良かったと、その日は満足し、床に就いた。

4

翌日。稼いだお金を握って赤羽駅周辺へ足を向けた。ささやかではあるが、少しのおせちを買おう。今は総菜のコーナーにも一人分くらいのおせち料理は売っている。

雑煮も作ろう。信州の雑煮は東京の雑煮と同じ、すまし。

故郷の北信《ほくしん》地域のお雑煮は、鶏肉、大根、ニンジン、あぶらげ、三つ葉などが入る。

年末は何かと物価が高くなる。入れるものを全部買い揃えたら、お金がかかるだろう。

野菜とかまぼこ位にしておこうかな。そんな事を思いながら、混み合った雑踏の中を歩いて駅のスーパーへ足を向けた。

(そうだ。年越しそばも買おう。お湯を入れてすぐ出来るインスタントのを)

そんな事を考えていた時だった。

「ちょっと、君」

背後から声をかけられ、ドキッとした。恐る恐る振り向くと、穂高さんが立っていた。そう、修さんだ。

「あの、何、か……」

一体僕に何の用があると言うのか。ついつい眉をひそめる。

「ちょっとお茶でも付き合ってくれないかな」

「は？」

どういう風の吹き回しだろう。ついつい声が裏返る。今日も真剣な顔つきだけど、昨日の様子とは少し違う。どこか落ち込んでいるような様子にも見えた。

向かった先はチェーン店のセルフサービスの珈琲店だった。そういえば珈琲店なんて入るのは、いつぶりだろう。長らく行っていない気がする。

二人共注文したのは、珈琲だ。フード系は注文しなかった。とてもそんな気分にはなれなかったのだ。しかし、その彼はクレープなんて注文した。

こんな時によくそんな甘い物を食べられるな。やや呆れたが、黙っていた。

「クレープシュゼット」

「は？」

僕は珈琲カップを傾けたまま、また頓狂な声が飛び出た。昨日の事を見ていたのか。どう返答していいか答えに困った。

「旨かったか？　あゆちゃんが作ったやつ。あの子はクレープシュゼットを作るのが得意なんだ。君も食べたんだろうと思ってね」

どこか言葉に棘のある言い方だ。

お前だけ特別扱い。何で俺は食えなかったんだよ。そう言いたげに聞こえた。そしていちいち僕は眉間に皺を寄せてしまう。

「食べたのは一昨日ですが、おいしかったですよ、とても」

静かながらも強調するように言い、珈琲に口をつける。温かい珈琲だった。頭の中が混乱していたのか、砂糖を入れるのを忘れていて口の中に、苦みがじわっと広がった。

慌てて砂糖を入れて飲む。

「俺も食べたかったな」

気安い口調。僕がまだ若いからなめられているのだろうか。この人だって一応社会人ではあるものの、きっと年はそんなに僕と変わらない。

「あの、穂高さんとおっしゃいましたよね？」

名前は歩花さんから聞いて知っていたが、確かめるように尋ねる。

「あぁ。君は？」

「黒瀬大翔と言います」

どういうニュアンスで自己紹介していいか分からず、軽く一礼すると、彼は一瞬口角を上げた。

「君は、あゆちゃんに惚れてる？」

僕は珈琲を吹き出しそうになった。いや、軽く吹き出してしまった。

単刀直入。しかも相変わらずの馴れ馴れしい言いぐさに、ムッとした。

「そんな事ないですよ。何故そう思うんです？」

「君には、心を開いているように見えたから。あの子……」

そうだろうか。全く実感がない。結構つんけんした所もあるし何しろ、まだ歩花さんと知り合って間もない。毎日会っている訳ではないし、ましてや付き合っている訳じゃない。

全部が全部知り尽くしている訳がないのだ。

「そうかな。惚れてるよね？　君」

認めるべきだろうか。でもそれを今、首肯する気にはなれなかった。だから僕は曖昧な返事に留めておく事にした。

「自分の気持ちがまだ、分かりません」

「そうか……」

もっと突っ込んでくるかと思ったが意外だった。それ以上、突っ込んでこなかった。

けれども僕を誘うなんて、何か思う所があっての事だろう。昨日は歩花さんの話し相手。

今日は何故か修さんの話し相手。最近は話し相手になってばかりだ。

強引で少し我儘な所もある男だと思ったが、意外に大人しい。ざわめきの店内の中、奇妙な沈黙が降りて来た。

「あの、貴方は歩花さんが好きなのですよね？」

僕の方が沈黙を破った。今度は僕が同じ質問をする。

「あぁ、見てのとおりだ」

「だったらああいうやり方じゃなくて、ちゃんと正面から向かって好きだと言わなきゃ駄目ですよ」

僕より僅か年上のこの男は、そんな事位分かっている筈だ。短く嘆息した後、彼は視線を下に落とす。

少年じゃないけれど、彼は大人になりきれていない。多分、根っからの悪い奴ではないかもしれない。僕の中で冷静な思考も芽生えたのは、事実。

「そうだな……。でもきっと、あんな事があったんだ。俺はそんな男の兄弟という立場。あゆちゃんにとっては鬱陶しい男だろう。彼女はそんな昔の事忘れたいだろうから」

つい最近の勢いとは、全く違っていた。意外にしおらしい事に驚く。

「あの、結婚する、しないよりまず、好きだって伝える事の方が先じゃありませんか？」

僕の台詞に彼の視線が上がった。意表を突かれた。そんな事を言いたげな顔をしている。

また彼は沈黙。戸惑っているようなどうしたらいいか分からないような、そんな様子だ。

「とにかく、好きだって言ってみる事が大事だと僕は思うんですが」

「そうかな」

「そうですよ。話はそれからです」

また視線を落とす彼の顔は、恋する男の眼差しだ。この人も不器用な所があるようだ。多分生き方はそんなに上手ではないと、今、理解出来た。

気づまりな空間の中で、でも。と、彼はしばしの沈黙の後、切り出した。

「君はいいのか？」

「え？」

意外な問いに僕は戸惑う。何が良いのかが分からない。しばしの間、思考を巡らせてみたが、やはり理解出来ず「何がですか？」と尋ねた。

「俺が告白していいのか？　と聞いてる」

その真剣な眼差し。本当に歩花さんの事が好きな事がヒシヒシと伝わって来た。だったら余計なものを突きつけて結婚をせまるよりも、ただ好きだと、難しいけどシンプルな二文字を伝えた方がいい。

「僕には止める権利はありませんが」

一体この人は何を言っているんだろう。僕は首を傾げた。

「君だって、否定しているけど、あゆちゃんに惚れてるじゃないか」

そういう事か。だからと言って付き合っている訳じゃない。今のところ僕は、歩花さんに気持ちを伝えるつもりはない。あの人は今、恋を堪能できる余裕はない筈だ。

高校生の頃、付き合った人が事故死した事に罪悪感を覚え、まだ引きずっている。僕だって今、他の事で心に余裕がない。

三年生になったら就職活動に向け、ぼちぼち行動しなければならないのだから。大学での勉強もある。きっと、そこまで頭が回らないだろう。淡い恋心を伝えても困らせるだけだ。

「それとこれとは別ですよ。僕に遠慮する事なんか全くありません。余計な事を考えず、自分の気持ちを伝える事を優先して下さい」

惚れた事を認めたような、言い方になってしまったが、修さんの表情には安堵がこもった。目を細め少し頰の筋肉が和らいだように思う。この人も色々思う所があったのだろう。

僕らは店を出た後、それぞれ別の方向へ帰って行く。不思議な人だ。多分あの人は世間を知らない。僕だって知っているのか？　と問われれば知らない。でも親の力で強引にどうにかなるものではないと、理解した筈だ。今の時代でも、そんな昔のような話があるものだと僕は驚きを覚えた。

今は恋愛結婚が主流だと思っていた。まだまだ僕が知らない事は、この世の中にあるのだろう。ダークな色のアウターを身に纏う人の群れの中を僕は歩き、途中でおせちや雑煮の材料を買うのを忘れていた事を思い出した。

引き返して、駅前でとりあえず財布と相談しながら、おせち料理と、そして餅を購入した。家に戻ると、母親から本当に帰ってこないの？　と寂しそうなメッセージが留守電に、残されていた。

5

大晦日。結局僕は実家へ帰らなかった。何をする訳でもないけれど、やっぱり僕はこの街が好きだからだろう。

今年はどこへお参りへ行こうか。この前行ったばかりの亀ヶ池弁財天ももう一度行くのもいいかもしれない。正月、亀ヶ池弁財天では年に一度しか買えないお守りを売っている。

貴重なお守りだ。そのお守りを買う為にお参りするのもいいかも。なんて考えた。大晦日は流石に『白雪の木』も『さくら』も休みだった。

歩花さんは今頃、ご両親と一緒に過ごしているだろうか。正月に帰省しない大学生なんて、僕の他にいるのだろうか。余計な思考をぼんやりと巡らせながら、やはり空腹になり駅前までやって来てしまった。

この駅周辺の商業施設はやはり、元日は休みらしい。幸い、今日は営業していた。必需品を買い足そう。シャンプーを切らしている事を思い出した。大学に入る前、長野のデパートで買った財布を開けた。あまり僕の財布にはお金が入っていない。

短いため息が漏れてしまった。

(やっぱりバイト位しようかな)

そんなやりきれなさを心に刻みながら、とりあえず買えるものだけ購入し、帰路を辿った。

マンションの前まで来ると、歩花さんが店の前にPOPを貼っていた。

来年の営業日の知らせだった。「四日の十時から営業します」と筆ペンで真っ白な半紙に書かれた文字。字も綺麗だ。

「あら」

歩花さんは振り返り、僕の方に視線を転じた。

「どうも。今日位はご実家に帰らないんですか？」

「まぁ明日ちょっと、顔を出そうと思うけどね」

真顔で応える歩花さんは、ＰＯＰを貼り終わると「紅茶でも飲んでって」と僕に促した。

なんだかんだと言って、僕と歩花さんは近い距離にいる事を実感した。自分の気持ちを遠ざける為、距離をとろうと思っても無理な話だった。こんなに近所に住んでいるから。

「今日はさ、大晦日だから、スイーツなんかないけど。珈琲も切らしててね。紅茶しかないの」

「あぁ、そんな。お気遣いなく」

僕はパタパタと手を振った。

歩花さんは紅茶を素早く淹れ、ポットと共にテーブルまで運んでくれた。

「はい、どうぞ」

「あ、ありがとうございます」

綺麗なバラの花の模様のティカップに、紅茶は淹れられた。レモンの輪切りも添えてある。

（レモンティか）

レモンの輪切りを紅茶の中に投入すると、みるみるうちに、綺麗な澄んだ色に染まった。

「昨日、修さんに、私に告白した方が良いって黒瀬君が背中を押したんだって？」

歩花さんは、ゆっくり紅茶を飲みながらチラッと僕を一瞥した。

「あ、あぁ、えぇ」

まずかったか。僕が彼の背中を押した事を怒っているのだろうか。僕は返す言葉が見つからず、押し黙る。

「貴方ってつくづく人がいいのね」

また意外な台詞。怒っているかと思ったのに拍子抜けした。

「昨日、駅前で偶然会っちゃって」

「実は違うのよ」

「はい？」

僕は意図が分からず聞き返した。小首を傾げる僕に歩花さんはゆっくり紅茶を飲んでから続けた。

「あの人、昨日、貴方がこの前を通った時見かけて、後をつけたんだって。私がクレープシュゼットを作った日も、こっそり見てたらしいわ」

「はぁ、そうでしたか」

一体何を考えているのだろう。よく分からないが彼は僕と話をしたかったのか。何故なのかは分からないが。本当に分からない男だ。歩花さんは紅茶をあっという間に飲み干してしまい、ポットから紅茶を注いだ。

「告白されたんですよね？」

「ええ、断ったけどね。クレープシュゼットじゃなく、彼はクレープを用意してくれてたけどね」

「クレープ……ですか」

あの人は悪い人じゃない。ちょっと間抜けで強引な事をして、色々順番を間違えてしまったけれど。それが歩花さんにとっては、大きなマイナス要素だっただろう。

「お正月が明けたら、穂高さんのご両親にお会いしに行って、謝って来る」

「え？　でもあの事故は、歩花さんのせいじゃないじゃないですか」

歩花さんと別れて失恋から立ち直れず、ボーッとして歩いていたから、事故に遭った。それについて、穂高さんのご両親は責めたいのだろうけれど、でも歩花さんのせいじゃない。不幸な事故だった。

男性と女性は、交際しても大概が別れてしまう。たった一人の人としか結婚出来ないのだから。そのたった一人の人に出会うのが難しい。

僕はどうそれを口にしようかと思考を巡らせていたら、歩花さんは静かに微笑んだ。

「大丈夫。もし何が何でも結婚しろって言われたら、弁護士をつけるけどね」

「そうですか……」

僕は胸を撫でおろした。でも、修さんはそんな事言わないだろう。彼と話してみてそう思った。

「でも、そんな事にはならないと思う。何かね、修さんも納得してくれた気がするから」

歩花さんも、同意見だった。

僕は昨日の修さんの事を思い出した。意気消沈した表情。見ていて気の毒になった事も思い出す。人の心は、どうしようもない。歩花さんの気持ちが駄目だと言っているのだから、きっと駄目なのだ。これからも。

多分、修さんはそれが分かったのだろう。

「私は好きになろうと努力して、指輪をつけてみた事も話した。でもね、指輪をつけてみたものの、やっぱりその指輪は重苦しくてね。きっとこれからも、好きになれないいんだろうな。って思ったから。別れた彼と修さん、顔が似てたの。だから好きになれると思ったけど、駄目だった。それを伝えたの」

「そうですか……」

歩花さんの台詞を聞いた修さんの姿が脳裏に浮かんだ。きっと今頃思い切り、落ち込んでいる事だろう。これからも好きになれない。結構ショックな言葉だ。

「でも」

僕はふと切り出した。

「なに？」

「でもどうして、歩花さんは僕に身の上話を話してくれるんですか？　穂高さんもですけど……」

それが気になった。僕は全く関係ないのに。

歩花さんの目は丸くなり、意表を突かれた顔をした。そして僕のカップが空になったのを確認すると、紅茶を注いでくれた。

僕は一度カップから出した、すっかりふやけてしまったレモンを再び浮かべる。

「そうね。何でかしら。話しやすいからだと思うわ」

「話しやすい……ですかね？」

その言葉に半分嬉しくて、半分ガッカリした。半分ガッカリしたのはもっと素敵な答えを待っていたからかもしれない。もしかしたら僕は『貴方が好きになっちゃったから』と言われるのを期待していたのだろうか。

自嘲的な気持ちを飲み込むように、紅茶のカップを持ち、口をつけた。

「修さんもきっと、そんな気持ちだったんじゃないかな。多分、黒瀬君と喋りたかったのよ。親し気な気持ちを持っちゃったんじゃない？」

「はぁ……そうですかね」

あまり僕は積極的な性格じゃない。何かバイトをしようと思ってもその一歩がまだ踏み出せないでいる。

草食系男子だなぁと、自嘲気味な笑みが浮かびそうになった。またその気持ちを誤魔化すように、ゆっくり紅茶を飲んだ。レモンを取り出すのを忘れていた為、慌ててレモンを取り出した。

もう一度、紅茶を啜る。すっぱさが広がった。今の自分の気持ちを表しているようだった。

「何かね、黒瀬君には何でも話したくなるの」

「そうでしたか。僕なんかで良ければ、また何でも喋って下さい」

僕に今言える事。今、出来る事といえばそれ位なものだ。

「うん、ありがとう。あのさ……。一緒に初詣行かない？」

「初詣ですか」

いきなりの誘いに驚いた。でもこの人は今、人との何気ない日常や、関わりを求めているのかもしれない。結局何度考えても、結論はそこへ辿りつく。歩花さんは、人と関わるのがあまり上手ではない。

けれどもやはり全く人と関わらないでいると、気が滅入り人恋しくなるのだろう。

僕は学校では大人しいし、友達も少ないけれどそれなりに人と接触する機会は多い。

歩花さんといえば多分、店で接客する位だ。客は友達じゃない。

彼女は他愛ない話をする友達が欲しいのだろう。幸い僕と歩花さんは、年が近い。話し相手にはピッタリなのかもしれない。

「いいですよ。どこの神社にします？」

「亀ヶ池弁財天がいい！」

歩花さんは子供のように、はしゃいだ声を出した。

「いいですね。そうしますか」

「うん。お正月は一年に一度しか売っていないお守りも買えるし。絶対ご利益ありそう」

僕も同じ事を考えた所だった。また正月に亀ヶ池弁財天に行ける。帰りに屋台でりんご飴でも買おうかな。そんな事を考えるのも楽しい。

今は僕の淡い恋心は、隠しておこう。誰にも触れられぬように。誰にも見つからぬように。

今、思いを伝えたら間違いなく彼女は困惑する。歩花さんを困らせたくなかった。

ただ今は、この人と何気ない時を楽しく過ごしたい。彼女は色々問題が山積みかもしれないが、新しい年には何とかなる気がした。

それは歩花さん自身も感じていたのではないだろうか。今日の歩花さんは明るかった。他愛ない、楽しい会話に興じ、紅茶を三杯も飲んでしまった。

今はこんな風に、歩花さんと過ごしていたい。

＊謝辞
クレープシュゼットの作り方を伝授して下さった、兵庫県、平田調理専門学校の先生方、お忙しい中、ありがとうございました。

参考文献
『これでいいのか東京都北区』　鈴木士郎・昼間たかし編　マイクロマガジン社
『赤羽本　一度ハマったら、抜け出せない。』　柑出版社
『赤羽 Walker』　角川マガジンズ
『知らなきゃよかった！　東京23区格差』　青山佾監修　造事務所編著　三才ブックス
『ウヒョッ！　東京都北区赤羽』　清野とおる　双葉社
＊執筆につき、多数のウェブ記事も参考にさせて頂いています。

煮りんご
・りんご　2個
・グラニュー糖　大さじ2
・水　40cc
・レモン汁少々
・無塩バター　10g

1. りんごはくし形に切る。
2. 鍋に、りんご、水、グラニュー糖、レモン汁を入れ、強火にかけ、沸騰してきたら弱火にして落とし蓋をし、煮汁がなくなるまで煮る。
3. 煮汁がなくなったら火を止め、無塩バターを最後に加えてかき混ぜる。
4. 粗熱をとって出来上がり。

クラシックパンケーキ　煮りんご添え

クラシックパンケーキ　（約３～４枚分）
・小麦粉　170g
・牛乳　100cc
・水切りした無糖ヨーグルト　大さじ３
・砂糖　大さじ２½
・ベーキングパウダー　小さじ２
・バニラオイル少々
・レモン汁少々
・卵１個

トッピングに、ホイップ、メープルシロップ、アイスなど

＊もしもあれば、鉄製のフライパンで焼くのがお勧めです。

1. 小麦粉と砂糖、ベーキングパウダーは一緒にふるっておく。
2. ボウルに、卵１個を割りほぐし、泡立て器でかき混ぜ、牛乳を加える。
3. ２に、１を加えて混ぜる。
4. ３に、バニラオイル、レモン汁を混ぜ、最後に水切りヨーグルトを加える。（粉っぽさを感じたら少し牛乳を足して下さい）
5. フライパンに無塩バターかオイル（分量外）を引き、温まったら一度、濡れ布巾の上に置き、冷ましてからまた、弱火にかける。
6. 生地を、おたまですくい、フライパンに流しこむ。
7. 気泡が出来たら、裏返して弱火で約３分。
（フライパンにより焼き時間が異なりますので、調節して下さい）
8. 焼きあがったら、お皿に盛りつける。パンケーキに、ホイップ、アイスクリームをのせ、煮りんごを添えて出来上がり。メープルシロップをかけて、どうぞ。

この作品は、小説投稿サイト「エブリスタ」に掲載されていたものに、
加筆修正しております。

光文社文庫

バネジョのお嬢様《じょうさま》が焼《や》くパンケーキは謎《なぞ》の香《かお》り

著　者　文《ふみ》月《つき》向《ひ》日《ま》葵《わり》

2018年9月20日　初版1刷発行

発行者　鈴　木　広　和
印　刷　堀　内　印　刷
製　本　ナショナル製本

発行所　株式会社　光　文　社
〒112-8011　東京都文京区音羽1-16-6
電話（03）5395-8149　編集部
8116　書籍販売部
8125　業務部

落丁本・乱丁本は業務部にご連絡くだされば、お取替えいたします。
ISBN978-4-334-77722-7　Printed in Japan

組版　萩原印刷

痺れる　沼田まほかる
アミダサマ　沼田まほかる
犯罪ホロスコープⅠ　六人の女王の問題　法月綸太郎
犯罪ホロスコープⅡ　三人の女神の問題　法月綸太郎
いまこそ読みたい哲学の名著　長谷川宏
やすらいまつり　花房観音
時代まつり　花房観音
まつりのあと　花房観音
京都三無常殺人事件　花房観音
私の庭　北海無頼篇(上・下)　花村萬月
いまのはなんだ?　地獄かな　花村萬月
スクール・ウォーズ　馬場信浩
CIRO　浜田文人
機密　浜田文人
善意の罠　浜田文人
利権　浜田文人
ロスト・ケア　葉真中顕

絶叫　葉真中顕
「綺麗な人」と言われるようになったのは、四十歳を過ぎてからでした　林真理子
私のこと、好きだった?　林真理子
出好き、ネコ好き、私好き　林真理子
ブリザード　早見俊
東京ポロロッカ　原宏一
ヴルスト!ヴルスト!ヴルスト!　原宏一
母親ウエスタン　原田ひ香
彼女の家計簿　原田ひ香
僕らの青春　半村良
密室の鍵貸します　東川篤哉
密室に向かって撃て!　東川篤哉
完全犯罪に猫は何匹必要か?　東川篤哉
学ばない探偵たちの学園　東川篤哉
交換殺人には向かない夜　東川篤哉
中途半端な密室　東川篤哉
ここに死体を捨てないでください!　東川篤哉